Japan in Birma

Een roman uit de Tweede Wereldoorlog

Richard G. Hole

Japan in Birma
Een roman uit de Tweede Wereldoorlog

Richard G. Hole

Tweede Wereldoorlog

KORTE INHOUD

De Japanners voelen zich veilig en zelfverzekerd.

Ze rukken op op bijna elk front in Azië en het is slechts een kwestie van zeer korte tijd voordat ze heel Birma bezitten.

De weg naar India lijkt voor hen open te gaan, alleen zullen ze nog wel wat moeilijkheden moeten overwinnen...

Japan in Birma is een verhaal dat deel uitmaakt van de collectie van de Tweede Wereldoorlog, een reeks oorlogsromans ontwikkeld in de Tweede Wereldoorlog.

JAPAN IN BIRMA

1

Dit is Assam, in India.

Het is onderdeel van de AVG. Dat wil zeggen, "American Volunteer Group", onder bevel van generaal Chennault. We vechten tegen de Japanners in Birma en transporteren materiaal voor het Chinese leger.

De Birma-snelweg is gevallen, maar deze andere luchtweg blijft open, waar luchtvaartbenzine circuleert die uit Yenanyaung in het binnenland van Birma had moeten komen; munitie uit Rangoon, kleding, voedsel en mannen uit Amerika.

Omdat het de vitale slagader is die de AVG van Chennault voedt, onder het opperbevel van Generalissimo Chiang-Kai-Chek.

Voor mij is het een saaie baan. Het enige verschil tussen een luchttransporteenheid en een groep vrachtwagens is dat ze over land gaan en jij vliegt. Anders is het hetzelfde.

Dit was niet mijn doel om hier te komen. Kunming, op het Yunnan Plateau, waar de groep "Flying Tigers" zat, dat was mijn doel. Een plek waar dagelijks Japanners gedood konden worden. Een plek waar ik de schuld kon innen die me naar het Verre Oosten had gebracht.

Maar morgen gaat het beter met me. Kolonel Scott, die zich bij de groep heeft gevoegd, heeft een jachtapparaat gekregen om de konvooien te beschermen.

En ik heb er nog een. Morgen ga ik het proberen.

Maar dit zal morgen zijn. Nu hoef ik me alleen maar zorgen te maken over het rijden met deze jeep over de gehavende weg en het bereiken van Sibsagar voordat de regen begint te vallen. Ik ben uitgenodigd voor een klein feestje en ik zou boos zijn als iets me belet om op tijd te zijn.

Gelukkig begint de regen pas als ik in Sibsagar aankom. Ik bereik veilig de "bungalow" van Mohammed Azher-Khan en een Indiaan in een witte tulband neemt de auto over.

Mohammed Azher-Khan is brigadegeneraal in het Indiase leger en geeft meestal deze kleine feestjes. Ik groet u kort en leg mijn bijdrage op de daartoe voorbereide tafel; Het is een fles "whisky", rechtstreeks uit Kentucky.

Mohammed drinkt als Mohammedaan geen wijn, maar de sterkste dranken worden vaak van tijd tot tijd geproefd.

Plotseling, als ik eenmaal tussen de gasten ben, merk ik dat ik me niet aangetrokken voel om deel uit te maken van de vergadering. Het amuseert me gewoon niet.

De regen is weer gestopt; Ik schenk mezelf een portie whisky in en glijd met het glas in de hand de tuin in. Ik ga door de planten, voornamelijk palmbomen van verschillende soorten; Ik zit op een stenen bank, nog nat, en denk na.

De Japanners zijn daar, achter de Naga Hills, op weg naar India. Het zijn gele dwergen die van de dood een instituut hebben gemaakt; ze zeggen dat ze er niet bang voor zijn. Ik redeneer dat als je niet bang bent voor de dood, je angst moet negeren. Het feit dat ze al zo dichtbij zijn, laat zien dat ze zo taai zijn als staal.

Zullen wij AVG Amerikanen de gelegenheid aangrijpen? Zal er angst in onze gelederen verschijnen?

Het is de grote twijfel. De "Flying Tigers" maken een geweldige campagne. Het zijn mannen met een speciaal humeur. Ik streef ernaar om een van hen te zijn. En nogmaals, daar is de twijfel, naast mij.

Het is geen goed teken. Ik ken het heel goed. Ik drink de "whisky" in één teug op en zet het glas op de bank.

"Nadenkend, kapitein? "De stem komt van rechts.

Ik kijk daar. Ik kan de onnauwkeurige vorm van een vrouw onderscheiden, bedekt met de traditionele Indiase sari. Ik zie zijn gezicht niet, maar hij heeft een muzikale stem en ik voel me erg eenzaam.

Ik wijs naar de bank.

"Kom hier en zeg iets" beveel ik hem.

Het is erg jong. Hij mag niet ouder zijn dan zestien jaar. Of het kan meer dan twintig zijn. Ik heb niet zo'n goed oog voor deze dingen als het gaat om mensen van mijn eigen ras. Met deze exotische wezens is de berekening onmogelijk.

Hij gaat zitten en glimlacht.

'Mijn naam is Godda,' zegt hij.

"Je mag me Frank noemen" glimlach ik.

Het is erg leuk om met Godda te praten. Ik ben blij dat ik naar het feest kwam, al was het maar om in een Indiase tuin te zijn met deze jonge vrouw van een ander ras, onder de sterren van een tropische hemel.

* * *

Volgens mijn horloge spring ik om half acht 's morgens in de cockpit van de schitterende P-40E, bekend onder de naam "Kittyhawks".

Ik stel de roerpedalen af en maak me vast met de veiligheidsgordel; dan open ik de contactsleutel en druk op het contact. De motor begint te brullen. De driebladige propeller, die drieënhalve meter hoog is, verdwijnt uit mijn zicht en wordt een transparante cirkel die het panorama dat voor ons ligt verandert.

Deze "Allison" -motor, een van de moderne krachtige motoren, hoeft niet op te warmen; over een paar seconden taxiet ik naar de startbaan, klaar om op te stijgen.

Ik zet hem op een rij en geef gas. De snelheid neemt geleidelijk toe. Ik trek aan de joystick en bevind me midden in de lucht. Ik pak het landingsgestel en win hoogte. Ik beschrijf een bocht over de bomen die het veld omlijnen en over de theeplantages vliegen, groen, bijna dezelfde kleur als ze op de kaarten verschijnen.

Ik sluit de radio aan om de informatie over de aanwezigheid van vijandelijke apparaten te horen, zonder resultaat op dit moment. Maar een half uur later meldt een Britse observatiepost meerdere ongeïdentificeerde vliegtuigen.

De plaats is ergens in de Naga Hills. Ik ga daarheen en klim naar tweeëntwintigduizend voet, waarvoor ik mijn zuurstofmasker moet aanpassen.

Ik hou de ruimte in de gaten. Het is een oefenuitje, maar net voorbij de heuvels kunnen er vijandelijke vliegtuigen zijn. De praktijk zou veranderen in een gevechtspatrouille als ik erover struikel.

Ik realiseer me dat ik veel van mijn vaardigheden met jagers ben vergeten, waarschijnlijk door het vliegen met transporten. Hier ben ik alleen, er is geen navigator om me de koers te laten zien, en geen automatische piloot om me te helpen het te volgen.

Het in de gaten houden van de vier windstreken, naast onder en boven mijn apparaat, zou meer vereisen dan een enkele kop of; minstens meer dan twee ogen.

De lucht is bewolkt, maar omdat vliegers het vaak zien, zijn de wolken 'onder', niet boven.

Opeens zie ik om acht uur een apparaat, links van mij, iets lager. Ik spring onmiddellijk in actie en laat me op een vleugel vallen op zoek naar de vijand.

Maar zo'n vijand is er niet. Het is een kleine P-43A. Ik heb geen nieuws over waar het vandaan kwam, maar ik kom toch dichterbij.

"P-43! "Ik roep op de radio." Waar kom je vandaan, jongen?

"Hallo, P-40! "Beantwoordt een luie stem." Ik kwam net aan en ging een wandeling maken. De Chinese luchtmacht bracht deze schoonheid terug en zei dat hij aan ons zou worden teruggegeven. Blijkbaar lekten de tanks en vlogen ze in brand. door één. Ze hebben het gerepareerd en ik heb aangeboden om ermee te vliegen. Ik kom uit Pensacola, maar ik ben daar niet geboren. Ik kom uit Texas.

Nou, we waren al met twee.

"Aangenaam kennis te maken, Texas" antwoordde ik "; ik ben Frank Latimer uit New York.

'Nou, Frankie,' zei hij, 'laten we eens kijken.

Ik begin weer te klimmen en zet het apparaat op dertigduizend. Dit is wat de hoogtemeter laat zien; Maar het moet ongeveer zeven- of achtduizend voet meer zijn, gecorrigeerd voor temperatuur, luchtvochtigheid, enzovoort.

De Naga Hills blijven achter. Ik kan de gele stroom van de Chindwin-rivier onderscheiden. Stilwell Road is niet ver. Er moeten gele kinderen van de rijzende zon rond die randen zijn, zowel op de grond als daarboven.

De wolken zijn achtergelaten. Het landschap beneden, een wirwar van veranderend groen, wordt slechts af en toe onderbroken door de gele lijn van een rivier, en daar vooraan door de weg die we al bereiken.

En het panorama gaat verlaten verder. Ik wierp een nonchalante blik om me heen. Ik denk dat ik iets glimmends kan onderscheiden en ik vermaak me niet met vragen. Ik plof op een vleugel en versnel naar het object dat mijn aandacht trok.

Als ik een beetje dichterbij kom, maakt mijn hart een sprongetje in mijn borst. Het is een Japans observatieapparaat, met een vast landingsgestel.

Mijn eerste vijand!

Het lijkt ons niet ontdekt te hebben. Ik ga in een gewelddadige duik naar beneden en leg mijn vinger op de knop die de machinegeweren activeert.

Nutsvoorzieningen!

De zes machinegeweren van de 50 beginnen granaatscherven te spuwen. Ik zie de tracers richting de vijand gaan, een grappige parabel beschrijvend, terwijl de snelheid van het apparaat afneemt door de terugslag van de krachtige wapens. Ik sta op het punt mijn voorhoofd op het solide precisievizier voor me te laten landen.

Ik heb net genoeg tijd om een botsing met het vijandelijke vliegtuig te vermijden, door aan de joystick te trekken en erboven uit te torenen. In één oogopslag, tijdens het trekken van een seconde, heb ik de cockpitramen zien vliegen; de Japanner heeft zijn hoofd omgedraaid, verrast door de aanval.

De aanblik van die rode cirkels op de romp en vleugels van het Japanse vliegtuig maakt me enthousiast. Ik denk dat ik mijn kalmte aan het verliezen ben. Het resultaat is dat de Japanse pica afdaalt in de jungle.

Ik draai naar rechts en dan naar links, in een poging hem te lokaliseren. Tegen de tijd dat ik het snap, is het ongeveer vier of vijf mijl daar beneden, net boven de boomtoppen, een zilvervlek die bijna onzichtbaar is.

Ik ga hem hoe dan ook achtervolgen. De Texaanse stem haalt me echter uit mijn roes:

'Let op, Frankie! We moeten naar huis!'

Een blik op het instrumentenpaneel overtuigt me hiervan. De brandstofmeter geeft aan dat er bijna geen brandstof meer is om twee en een half uur te vliegen, nauwelijks wat nodig is om op het veld te komen.

Ik draai me om en zoek de ruimte af. Texel is dichtbij. Hij ontmoet mij. Ik ben woedend. Als hij meer sereniteit had gehad, als hij de aanval beter had gericht, zou een Japanner op dit uur dood zijn, doorboord door de projectielen van de machinegeweren, verpletterd tegen de modderige bodem van Birma of in de lucht geroosterd als hij erin was geslaagd om het vliegtuig waarin hij vloog in brand gestoken. .

Ondergedompeld in deze mijmeringen raadpleeg ik de kaart en bereken ik de koers. Met Texas aan mijn staart gekluisterd vlogen we de veilige lucht van Assam in, cruisend om gas te besparen.

De lucht zakt onder ons terwijl we onze bestemming naderen en vormt een doorlopend grijsachtig gordijn.

Echt, ik realiseer me niet helemaal hoe moeilijk het zal zijn om te landen. Dat wolkenveld verhindert alle direct zicht. Ik heb al blind geland, maar dit veld in Assam, in een afgelegen deel van het grensgebied, mist de vorderingen die we in de Verenigde Staten gewend zijn.

Ik probeer wanhopig contact te krijgen met het veldstation, in de hoop dat ze me uit die grijze hel kunnen leiden.

Tot mijn grote opluchting antwoorden ze me bijna onmiddellijk na de eerste oproep:

"Luister, tweeëntwintig" hoor ik. Tweeëntwintig is mijn identificatienummer, pas geschilderd op de zijkant van de P-40. "Er is zicht, onder de wolkenbank, plafond tweeduizend voet. Probeer naar beneden te gaan. Ik herhaal, zicht op tweeduizend voet.

"Begrepen" antwoord ik. Ik ga daar heen.

Texas moet net zoveel weten als ik, gezien de instructies. Hij zal wachten tot ik naar beneden kom. Hij wenst me veel succes, al zal hij zelf ook veel nodig hebben.

Ik verlies langzaam hoogte, maak een wijde cirkel en duik de wolken in. Ik voel een grote angst. Op 2.000 voet zou ik onder de oever moeten zijn, maar de hoogtemeter raakt 1.600 en ik ben nog steeds binnen dat grijze gordijn.

Plots stap ik uit in wat de telefoniste een 'zichtbaarheidszone' had genoemd. Eigenlijk, ook al ben ik onder de wolkenbank, het is alsof ik door mat glas kijk. Alles lijkt wazig door de enorme waterlaag; de regen is niet te beschrijven, een echte waterval.

Beneden, in plaats van de gekruiste betonnen sporen, is er een meer, waarvan het oppervlak wordt gegolfd door de douche. Maar het is natuurlijk het veld; Ik zie een figuur rennen, verschrikkelijk spetterend, een operations officer met rode vlaggen, die zal proberen me te helpen landen.

Hij stopt en zwaait met de vlaggen. Hij wijst naar een punt en ik begrijp dat de baan in de aangegeven richting moet. Een blik op de brandstofmeter overtuigt me ervan dat er geen tijd is voor fouten; nul teken.

Ik draai in een zeer scherpe hoek en ga naar wat de baan zou moeten zijn, waarbij ik onmiddellijk het gas afsnijd. Elk moment wacht ik om te horen hoe de motor begint te hoesten, zonder gas, maar dat gevreesde moment komt niet.

Ik bedient de hendel om het landingsgestel te laten zakken, de kleppen op hun plaats te zetten en mezelf langzaam te laten zakken. Alleen het feit dat de operations officer, met het water in het midden, er is, verzekert mij dat er land onder de waterlaag ligt.

Bij het raken van de grond wordt het apparaat plotseling afgeremd en begint het terug te kaatsen. P-40's zijn niet gemaakt om op iets anders te zitten dan op hard beton; Ik sta op het punt om naar boven te gaan, maar ik duw de joystick naar voren en controleer de situatie.

In een ongelooflijk korte reis komt het vliegtuig tot stilstand. Ik ben van top tot teen nat, maar het is niet de regen; de cabine is bijna luchtdicht. Wat er gebeurt, is dat ik de laatste minuten meer heb gezweet dan wanneer ik in een Turks bad zou zijn.

Ik zet mijn helm af en maak mijn veiligheidsgordel los. Ik steek een sigaret op en kijk achterom en omhoog. Texas moet daar komen opdagen en ik hoop dat hij net zoveel geluk heeft als ik.

Maar ik zie het niet totdat het, alsof het een kano is, het water van de baan tilt en een turbulent kielzog achterlaat. Hij moet dezelfde weerstand hebben ondervonden als ik, maar hij heeft het apparaat perfect onder de knie; in een oogwenk is hij in de buurt van waar ik ben en, zonder zich om de regen te bekommeren, opent hij de koepel van de cockpit.

Dus ik besluit hetzelfde te doen en we komen dichter bij elkaar; twee mannen die we nooit eerder hebben ontmoet, maar we zijn al vrienden alsof we elkaar al jaren kennen.

We schudden elkaar de hand. Texas is een man van meer dan zes voet lang, glimlachend en cowboylaarzen dragend, ondanks de regelgeving die dergelijk schoeisel verbiedt.

'We worden nat, Texas,' zeg ik tegen hem.

En het is strikt waar. De hevige regen maakt ons in een oogwenk doorweekt.

"Ik heb het al gemerkt, Frankie" glimlacht hij. Maar als ik de regen op mijn rug zie, voel ik me levend, dus ik voel het niet. Laten we naar de kantine gaan.

We rennen over het veld terwijl landbemanningen naar het verlaten vliegtuig rennen. Ze moeten ze beschut in de hangars plaatsen en de motoren en andere apparatuur controleren, aangezien er op elk moment een uitgang kan worden besteld.

We bereiken de kantine en terwijl we gaan, doorweekt tot op het bot, gaan we aan een tafel zitten. De ober, een kleine jongeman met lang haar, komt meteen.

"Wat gaat het worden? Vraagt Texas,

"'Whiskey', zou ik zeggen" antwoord ik.

En "whisky" is. Een volle fles; en dan nog een. We praten niet veel, onder andere omdat we, hoewel vrienden, nog geen tien minuten face to face zijn geweest. Aan de andere kant overwint de vermoeidheid ons beetje bij beetje.

Als de tweede fles halverwege is, gaan we naar de kamplodge en trekken ons natte vliegpak uit. Er is daar veel ruimte.

Texas bezet een leeg stapelbed, van de vier in de kamer, en we gaan meteen naar bed. Ik veronderstel dat Texas hetzelfde zou zijn als ik; Ik viel in slaap voordat ik het kussen met mijn hoofd aanraakte.

Iemand maakte me wakker en schudde me bij de schouders. Ik opende moeizaam mijn ogen en stond oog in oog met luitenant-kolonel Mindrum, hoofd van de veldoperaties.

"Luister, Latimer" zegt hij tegen mij ". Er is een DC-3 vertrokken naar Birma, op zoek naar generaal Stilwell, begrijp je?

Welnu, Stilwell is een Britse generaal die het opperbevel heeft over alle strijdkrachten in India, China en Birma. Ik begrijp dat wel.

"De Japanners rukken op naar het noorden en het gaat erom hem te redden", vervolgt Mindrum. We zouden maar één bemanning kunnen hebben, maar ik heb aan je gedacht en we zullen twee vliegtuigen sturen. Heeft u iets tegen te houden?

Ik schud mijn hoofd negatief. Beetje bij beetje, terwijl ik volledig wakker word, leer ik meer details. Met Stilwell zijn enkele militairen van zijn staf en oorlogscorrespondent Jack Beiden. De route die ze moesten volgen zou hen van Shwedo, ten noorden van de Uyu-rivier, via Homalin naar de Chindwin brengen. Daarna zouden ze doorgaan naar Sittaung en vandaar op de Manipur-weg naar Imphal.

Er werd niets gezegd over het leggen van contact met de groep. Het enige dat gedaan moest worden, was het vliegtuig volladen met voedsel en medicijnen, wat wapens, en de rest aan improvisatie overlaten.

Texas, die toen al wakker was, lacht vrolijk.

"Ik heb al lang geen transport meer geloodst", zegt hij.

'Je wordt gewoon de copiloot,' waarschuw ik hem, terwijl we onze vliegpakken beginnen aan te trekken.

Ik zie dat Texas geen zware automaat heeft, kaliber .45. In plaats daarvan heeft hij een single-action 'Colt' .45 die bij zijn laarzen past. We gaan allemaal met wapens op missies. We weten dat ons iets vreselijks te wachten staat als we genoodzaakt zijn een noodlanding te maken of te parachutespringen.

We rennen naar de kantine om een snelle maaltijd te maken. Over een uur vliegen we en we moeten van de tijd profiteren.

We zijn aan het afronden, als er iemand lijkt te rennen. Een sergeant van het grondpersoneel genaamd Humphries.

'U hebt bezoek, kapitein,' zegt hij tegen me. "Het wacht buiten op je.

Hij gaat snel weg en Texas en ik lopen de kantine uit. Buiten staat een auto waarvan het beeld het natte wegdek weerspiegelt. Een "Rolls" van vele jaren geleden.

De regen is gestopt. We naderen de auto en ik zie Godda's gezicht. Ik weet dat ze het nichtje van generaal Azher-Khan is, maar ik ken alleen haar voornaam.

"Een slecht moment voor het bezoek, Godda" zeg ik tegen hem. We vertrekken over een paar minuten.

Ik stel haar voor aan Texas, wiens naam ik ook niet ken, en zie de prachtige sjaal die mijn vriend draagt van een one night stand. Ik prijs haar en ze vertelt me dat ze in Nepal zijn gemaakt en dat het een gebedssjaal is. Ik heb geen idee wat dit betekent.

"Ik geef het aan jou" biedt hij me aan en ik neem het aan ". Dus je zult me herinneren als je daarboven bent.

Ik zie Mindrum nerveus in de buurt ijsberen en ik begrijp dat ik me moet haasten.

"Dag, Godda" glimlach ik. We zien elkaar een dezer dagen.

Hij zwaait en we rennen naar het transport.

'Ze hebben maar drie mannen,' vertelt Mindrum me. "Doe wat je kunt jongens.

We nemen onze palen, de luiken en de voordeur sluiten, en ik start de motoren, terwijl Texas rustig kauwgom kauwt.

We vertrokken om 2.30 uur 's middags,

* * *

We zijn boven Birma, ruim driehonderd mijl van de noordelijke grens, en overzien het gebied tussen de Chindwin en de Irrawady; met andere woorden: zoeken naar een speld in een hooiberg,

We hebben enkele groepen gespot, over het algemeen klein; Ze zijn op weg naar het noordwesten, maar dat kunnen we niet, we kunnen niet vaststellen waar Stilwell is.

We lieten een aantal van de pakketten met voedsel, kleding en wapens op elk van de groepen vallen en bleven S-vormige bochten maken. We lopen tegen de grens van onze autonomie aan. Dat betekent dat we moeten omdraaien en naar huis gaan.

Hieronder, aan de voorkant, is de omtrek, met zijn ongelooflijke bochten, van de Northern Highway getekend.

Nou, ik denk, dit is het. We zullen moeten terugkeren, een nieuwe poging doen of meer dan één en ...

"Vijandelijke vliegtuigen!

De opgewonden stem komt naar me toe via de intercom. Hij is een van de jongens in de crew. De advertentie zet mijn zenuwen op scherp. Ik kijk uit het raam aan mijn linkerkant, maar ik zie niets. Toch schreeuwt Texas, te hard, denk ik:

"'Nullen'! Zijn twee...!

De rest van je stem gaat verloren. De jongens achterin schieten en overstemmen de andere geluiden. Dit vliegtuig is niet bewapend, maar we hebben lichte machinegeweren bij ons en hebben die ter beschikking gesteld.

Iets lijkt de transportstructuur uit elkaar te scheuren en de romp vreselijk te raken. Een schaduw komt zo dicht langs ons heen dat ik zelfs de rode vlek op zijn zijkant duidelijk kan onderscheiden.

De dikke kunststof cockpitramen spuiten naar buiten terwijl de cockpit zich vult met splinters van het instrumentenpaneel en het binnenframe.

Plotseling merk ik dat het apparaat niet kan worden bestuurd; aarzelt en begint hoogte te verliezen.

Ik zet de automatische piloot aan.

"Je moet springen! Ik schreeuw tegen Texas.

Hij knikt met zijn hoofd. We laten onze posten bij de controles achter en gaan naar achteren, om de bemanning te waarschuwen.

Wat we daar zien, laat ons versteld staan.

Er is geen bemanning. De drie mannen, inclusief de navigator, zijn doorzeefd door het passeren van de «Nullen». De romp zit vol gaten en gaten, waar de wind onheilspellend sist naar binnen sluipt.

Ze hadden de deur verwijderd om er met hun handvuurwapens doorheen te schieten, maar het was een nutteloos gebaar.

Plotseling neemt het vliegtuig een gevaarlijke hellingshoek en dendert naar de grond.

Ik wijs de deur naar Texas. Je moet jezelf lanceren voordat we in een spin gaan en de middelpuntvliedende kracht duwt ons tegen de schotten en houdt ons daar, alsof aan het metaal vastgelijmd, totdat het vliegtuig neerstort.

Texas springt als eerste. Toen liet ik me vallen en probeerde zo ver mogelijk van het apparaat weg te komen.

Ik tel drie seconden en trek aan het slot van de parachute. Het opent zonder incidenten. Een scherpe ruk, een hol geluid, en de grote paraplu is over me heen en laat me zachtjes zakken.

Ik zoek Texel. Het is niet ver weg. Ik activeer de banden om zo dicht mogelijk bij hem te landen. We zullen elkaar nodig hebben als we daar beneden zijn, in de jungle, bevolkt door Japanners en met een paar pistolen voor elk verdedigingswapen.

De bomen, die een ondoordringbare massa vormen, zijn al heel dichtbij.

Ik herinner me opeens de machines die ons ten val hebben gebracht. Ik kijk omhoog en scan de ruimte, maar ik zie ze niet. In plaats daarvan merk ik dat ons vertrouwde transport, ondanks de automatische piloot, een grote bocht maakt en ons weer nadert.

Dan, in een oogwenk, heft hij zijn boog op en valt zwaar, onbeheerst.

Niet ver daarvandaan raakt het de grond. Ik zie geen lichtflits die je vuur aangeeft.

Dan, wanneer ik het het minst verwacht, hoewel binnen de meest elementaire logica, bots ik tegen een boom. Ik zie mezelf gewikkeld in het gebladerte; het parachuteharnas wringt tussen de takken en ik hang, slingerend als een slinger.

II

Texas kan niet ver zijn; Het moet een korte afstand zijn gevallen, aangezien we bijna bij elkaar waren. Ik open mijn mond om waarschuwend te schreeuwen, maar de gedachte dat er misschien Japanners in de buurt zijn, doet me de poging opgeven.

Dan lijkt Texas rustig te lopen. Kijk omhoog en zwaai:

"Kom daar vandaan" zegt hij tegen me. Laten we eens kijken naar het vliegtuig. Het is dichtbij en er is eten en wapens.

Toegegeven, ik hoef alleen maar de riemschijf te draaien en er vervolgens op te slaan om vrij te zijn. Er zijn echter meer dan twintig voet naar de modderige grond. Ik riskeer mijn been te breken, wat erger zou zijn dan mijn hoofd te breken.

"Zoek een touw," roep ik naar hem. Snijd het van je parachute. Ga op de boomstam staan en gooi het ene uiteinde naar me. Dus misschien ...

De kronkels en bewegingen die ik maak, samen met het feit dat de tak waar de parachute aan hing half gebroken moet zijn, zorgen ervoor dat hij definitief breekt. De stof kraakt en neemt een beetje lucht in die de val dempt.

Ik zak tot een half been in de modder en trek de parachute af.

We beginnen langzaam richting de plek waar we het toestel hebben zien vallen. Het moet ongeveer een halve mijl zijn, maar het kostte ons bijna twee uur om hem te vinden. De modder lijkt aan onze laarzen te zuigen, eraan te trekken, en elke stap kost moeite.

We hebben het eindelijk gevonden; Het heeft geen vlam gevat, zoals we al vermoedden, maar het is vreselijk verminkt, veranderd in een verwarrende stapel rommel. De voorkant, tot aan de laaddeur, is zo plat als een accordeon; maar het laatste derde deel van de staart is losgekomen van de structuur, zodat we er gemakkelijk in kunnen.

De lading, hoewel vervormd, lijkt in goede staat.

'We zullen eerst kleren uitkiezen,' stel ik voor. "Deze vliegpakken zijn niet geschikt om in de jungle te rijden.

"Shorts" lacht Texas". Eens kijken hoe deze bij ons terecht komen.

We trokken onze overalls uit en pasten infanteriekleding aan. Dat is comfortabel.

Daarna, passender gekleed, bekeken we de wapens. Lichte en dodelijke machinepistolen zijn gemakkelijker te vervoeren dan geweren. Daarom nemen we er twee. En handgranaten. Een flinke portie, aangezien we niet weten hoe lang we zonder aanvoer zullen zitten.

"Let op! "Fluistert Texas." Er is iemand buiten.

Ik gluur door de kieren in de romp. Ik zie niemand, hoe hard ik ook probeer. Misschien is het een Texaanse hallucinatie.

Opeens zie ik iets. Een soort donkere buis die naast een boom uitsteekt, de loop van een geweer!

Texas, naast me, roept met gedempte stem uit:

"Japans!

Ze zullen het vliegtuig hebben zien neerstorten en komen op verkenning. Het zou belangrijk zijn om te weten of ze ons hebben gezien. Als ze niet weten dat we hier zijn en er zijn er niet veel, dan kunnen we ze misschien verrassen.

Als er twaalf of vijftien Japanners zijn en ze weten dat we binnen zitten te wachten, is de verrassing voor ons.

Ik trek aan de hendel van mijn machinepistool om een kogel in de kamer te doen en merk dat het staal uit mijn hand glipt. Ik heb ze nat; Een langzame stroom loopt langs je rug, die heet zou moeten zijn, maar dit zweet is niet te wijten aan hitte.

Dan verschijnt van achter de loop een hoofd. Ik kijk naar Texas en we wisselen een glimlach uit. Die man is geen Japanner. Zijn gelaatstrekken zijn niet Mongools en hij draagt een tulband. Dan schijn ik de nek van zijn krijger te kunnen onderscheiden. Dat is een Anglo-Indiaas uniform.

Ik heb zulke jongens eerder gezien.

"Gurkha", zegt Texas tegen me.

Ik knik. Ik gluur door de patrijspoort en zwaai met mijn hand naar hem, in de verwachting per ongeluk geraakt te worden door een kogel. Maar niets van dit alles gebeurt. Die man is een bergbeklimmer en moet goed kunnen zien. Hij loopt glimlachend naar voren en als ik me omdraai om iets tegen Texas te zeggen, zie ik een andere gurkha, met geweer en al, uit het verbrijzelde raam aan de andere kant steken.

De twee ontmoeten ons.

Zullen ze Engels spreken? Ik denk het wel. En ik heb gelijk.

"Amerikaanse mensen? "Vraagt de eerste die we zagen, een kleine jongen, maar sterk als een wolf.

Ik knik.

"Ik ben de sergeant ..." en hij geeft een naam die ik niet zou kunnen herhalen, zelfs als ik het voorstel. " Ons bedrijf werd vernietigd langs de Irawaddy, in de buurt van Shwebo. Slechts twee van ons ontsnapten.

Hij stelt me voor aan zijn partner, groter dan hij, maar met een andere onmogelijke naam.

"Kleine Gurkha en Big Gurkha", zegt Texas.

Dit wordt in ieder geval duidelijker.

Kleine Gurkha kijkt me boos aan.

"Eet" zegt hij. We hebben honger.

Het is tenslotte geen slecht idee. Nu het probleem ter sprake komt, voel ik een soort ongemak in mijn maag dat niets anders kan zijn dan honger.

Ik voel de verwachtingsvolle blik van mijn metgezellen op mij gericht. Ik begrijp de reden. We behoren allemaal tot de geallieerden en ik ben de hoogste officier; Ik moet het commando overnemen. Ik weet echter niet hoe ik mannen moet sturen, maar hoe ik met vliegtuigen moet omgaan; maar het ding heeft geen remedie.

'Blijf op wacht', zeg ik tegen Grote Gurkha. Neem iets te eten en klim in een boom. Waarschuw als er iemand nadert.

Grote Gurkha knikt groetend, pakt het blikje jam en gedroogd brood dat ik hem geef, en verlaat het verongelukte vliegtuig. De rest van ons bereidt zich voor op het eten, terwijl we toch gaan zitten.

We eten met eetlust. Gelukkig zijn deze Gurkha's niet zo ingewikkeld als de Hindoes als het om eten gaat.

We zijn bijna klaar als er een laag fluitje klinkt. Kleine Gurkha springt op en gaat naar buiten. Het moet het alarmsignaal zijn. Texas en ik pakten onze geweren en gingen op de vloer van het vliegtuig liggen en tuurden door de gaten in de romp.

We zien dat kleine Gurkha een van de paden neemt en, met heel weinig voorzorg, langs het pad gaat totdat hij uit het zicht is. Dit verbaast me. Ik heb ergens gelezen dat Gurkha's uitstekende soldaten zijn. Ik denk dat deze weet wat hij wil doen.

Dan hebben we na een kwartier de uitleg. Grote Gurkha heeft vanuit zijn positie op de boom een groep mensen gezien, heeft ze geïdentificeerd en de kennisgeving doorgegeven aan zijn metgezel, die naar buiten komt om ze samen met ons te brengen.

Als de groep de open plek bereikt waar we zijn, wisselen Texas en ik een lege blik. Kleine Gurkha brengt nog vier mensen mee. Er is een soldaat in het Chinese leger, een lange Sikh-luitenant met een tulband en een baard, een Europese burger, zoals de blanken hier worden genoemd; misschien zes voet vier duim lang met vurig rood haar.

EN...

"Een vrouw! Roept Texas.

Zijn pak is aan flarden en zijn schoenen zijn geruïneerd, maar dat doet niets af aan zijn aantrekkingskracht; ze zou overal de aandacht hebben getrokken, zelfs gekleed in een jasje.

'Ik denk,' zegt Texas, 'als we lang genoeg bij het wrak blijven, kunnen we een leger op de been brengen. Er moeten jagers zijn van alle geallieerde eenheden rond die contouren.

'En ook Japans,' constateer ik droog. "We moeten hier meteen weg.

Little Gurkha is het met me eens en komt snel, na Big Gurkha te hebben geïnterviewd.

"Japans! "Informeert" Tien mannen. Ze komen deze kant op. Uit het zuiden.

We stappen haastig uit het vliegtuig voedsel, kleding en wapens.

"We kunnen het apparaat in brand steken", stelt Texas voor.

Schud negatief met je hoofd.

'We zullen ons rond de open plek opstellen,' beval hij. Het zijn maar tien man en we kunnen ze makkelijk afmaken als we ze verrassen.

De Sikh-luitenant verdeelt de lading die we gaan vervoeren en we rennen het kreupelhout in aan de rand van de open plek, op afstand rond het vernielde vaartuig. Het enige wat ontbreekt is Big Gurkha, die nog steeds in zijn boom zit.

Er is een gespannen wachten, waarbij we zwijgen. Wij zijn een heterogene groep mensen die niets met elkaar gemeen hebben, die elkaar niet kennen, maar die aan dezelfde kant staan. Aan de andere kant staan de Japanners, een dodelijke bedreiging voor iedereen.

Ik zie ze plotseling verschijnen aan de rand van de open plek. Hun bajonetten zijn vast en ze gaan vooruit, voorovergebogen, klein, stil, dodelijk. Ze verwachten niet maar een paar lijken te vinden, denk ik.

Ze steken de open plek over en naderen het vliegtuig, glurend door de opening in de staart.

Ik kijk naar het machinepistool en leg mijn vinger op de trekker.

Ik vuur het eerste salvo af en mijn andere teamgenoten schieten toch.

Sommige Japanners vallen, verrast. Drie of vier verbergen zich in het vernietigde apparaat, en evenveel vallen op de grond en beantwoorden ons vuur.

Onze posities zijn beter. We zijn gedekt; maar deze gele dwergen zijn moeilijk te pellen. Ze houden een laaiend vuur en schreeuwen bloedstollende kreten.

Dan gaan er vier in de aanval! Ze rennen naar ons toe, hun glanzende bajonetten in de loop van hun geweren, terwijl de anderen hen bedekken met hun vuur.

Texas trekt de ring van een granaat, houdt hem even vast en gooit hem naar de aanvallers. De explosie beroert de lucht. Twee Japanners rollen op de grond en bevriezen. Een ander probeert te kruipen, altijd vooruit. De vierde, weerloos, gaat verder met de lading.

We concentreren onze schoten op hem en zien hem slechts een paar meter verderop vallen; zijn gezicht heeft een wrede, afschuwelijke grijns die in een duizendste van een seconde achter een bloederig masker verdwijnt.

Texas, de een na de ander, gooit meer granaten. Het apparaat vat plotseling vlam. De brandstoftanks zullen gebarsten zijn bij de crash van de noodlanding en de pompen ontsteken de brandstof.

Door de vlammen verschijnen nog drie Japanners, rennend als demonen, in een poging het bos te veroveren. Een van hen, een officier, zwaait met zijn samoeraizwaard in de lucht.

We halen ze snel neer en ik kijk om me heen om te zien of er slachtoffers zijn, wat gelukkig niet is gebeurd.

Ik hoor nog een paar schoten. De Gurkha's maken de gewonden af. Ik heb een bittere smaak in mijn mond, maar ik heb niets kunnen doen om het te voorkomen; we zijn immers strijders en we moeten sentimentaliteit opzij zetten.

De Sikh-officier heeft niet eens met zijn ogen geknipperd en de vrouw steekt een sigaret op.

We ontmoeten elkaar allemaal en vormen een compacte groep.

"Hoe ver kunnen we elke dag lopen? "Ik vraag.

De Sikh-officier denkt even na.

"Vier mijl, misschien, vijf", antwoordt hij.

We zijn ongeveer vierhonderd mijl van de grens, in een land dat bezet is door Japanse troepen. Veertig of vijftig mijl naar het westen glijdt de Chindwin-rivier naar het noorden. We moeten deze stroom bereiken die ons zal leiden en Manipur zal bereiken.

Het zal dagen of maanden duren, maar het is onze enige hoop op overleving.

We hebben proviand voor een week, volgens mijn schatting. We zijn goed bewapend en hebben reservekleding. Als er een beetje geluk is, als we als geesten door de jungle glijden en op onze stappen letten, is er een kans om het te krijgen.

Nu merk ik dat wat ik dacht een vrouw te zijn, slechts een meisje is.

Er is moed in haar ogen, maar ze gaat alleen over een meisje.

"Hoe heet je?" vraag ik.

Doris MacDonald.

'Nou, Doris, trek een uniform en een paar laarzen aan', zeg ik. Je moet lang hard lopen. Laten we naar de Chindwin gaan. Dan nemen we de noordelijke route. Als we sterk verenigd en gedisciplineerd blijven, kunnen we het bereiken. Denk je dat je ons kunt volgen?

Ze staart me aan met haar grote heldere ogen.

'Ik zal zo ver gaan als jij gaat', bevestigt hij sereen.

Dus zodra we de last delen, gaan we aan de slag. Een kleine guerrilla. Een gevechtspatrouille bestaande uit zeven mannen van verschillende rassen en één vrouw.

Ik denk dat ik optimistisch ben om zelfs maar te denken dat we hier uit komen, maar we zullen het proberen.

De Sikh-luitenant staat naast me met zijn onverstoorbare houding.

"Het regenseizoen loopt op zijn einde", vertelt hij me. "Twee weken, misschien drie, en we zitten in het droge seizoen. Dan kunnen we sneller gaan. We zouden de Gurkha's inzetten om als verkenners voor ons te dienen. Deze mensen kennen de jungle heel goed.

Ik knik en de Sikh blaft bevelen. Hij lijkt een goede soldaat en zijn zenuwen zijn top. De Gurkha's vallen op en verdwijnen uit ons zicht.

Het kreupelhout lijkt ondoordringbaar, maar er is altijd wel een gat om doorheen te schuiven. Het is een land van bomen, met lianen en gebladerte die dikke gordijnen vormen tussen de stammen. Er zijn dieren, vooral boven, in de takken. Ik zie vogels met glinsterende veren en hoor de vreemde kreten van apen, die af en toe een paar zwermen onderscheiden.

Er zijn ook andere soorten dieren. Bijvoorbeeld slangen; Ik sta op het punt om op een te gaan staan, maar Doris heeft het voor me gezien en ze schreeuwt waarschuwend.

De slang tilt de voorkant op en blaast deze nieuwsgierig op.

Ik kijk haar aan en voel een onoverwinnelijke walging, niet wetend wat ik moet doen. De Chinese soldaat is snel met haar klaar. Blaas met een kapmes het onderdeel in twee helften.

"Een" kwartier "cobra" glimlacht de roodharige reus koeltjes.

"De naam is merkwaardig" zeg ik.

"Van het meest. Van niemand is bekend dat hij meer dan een kwartier heeft geleefd nadat hij door een van deze beestjes was gebeten.

Ik begrijp dat de Japanners nog een gevaar zullen zijn, niet het enige, van degenen die ons zullen achtervolgen in de Birmese jungle. Elke keer als ik mijn voet neerzet, voel ik een vreemd gevoel, bang om op een van die vervelende slangen te stappen.

Ik vraag me af of we in dezelfde richting marcheren als de twee Gurkha's voor ons, maar de Sikh-luitenant aarzelt geen moment en ik ben ervan overtuigd dat we op de goede weg zijn.

De grond is een moeras. Er is dikke, donkere modder waar de laarzen blijven plakken en het is moeilijk om ze bij elke stap te trekken.

Ik vraag me af hoe de Gurkha's sneller hadden kunnen gaan dan wij. Op bepaalde plaatsen moeten we doorbreken met machetes; het zijn de Chinese soldaat en de Sikh-luitenant die ze hanteren, en trouwens heel slim.

De Sikh stopt en steekt zijn hand op. We stoppen en maken de wapens klaar. Het kreupelhout ritselt voor ons en Kleine Gurkha verschijnt, zijn gezicht glinsterend van het zweet.

"Japans! "Gewoon melden." Een halve mijl hiervandaan. Ze zijn aan het werk.

"Hoeveel?" vraag ik.

'Een stuk of vijftig. Ze hebben een stuk vlak land vrijgemaakt en hebben veel trommels onder de bomen gestapeld.

Er zoemt iets in de lucht. We kunnen het niet zien vanwege de boomtoppen; maar we weten dat het een eenmotorige machine is, misschien een "Zero".

Het geluid neemt in volume toe en we hebben een vluchtig beeld van het vijandelijke vliegtuig. Hij vliegt heel laag en binnen enkele minuten is het motorgebrom plotseling weg.

Ik denk dat het het beste is om in de tegenovergestelde richting te gaan van de open plek waar Little Gurkha het over heeft. Vijftig Japanners is te veel voor ons om iets anders te doen dan vluchten; maar ik ben benieuwd wat ze doen en ik vraag me af wat de inhoud is van de trommels die ze midden in de jungle opstapelen.

"Laten we gaan" glimlachte hij naar Little Gurkha. We gaan de dwergen bekijken.

Kleine Gurkha lacht ook. Hij is klein van gestalte, maar de Japanners zijn nog kleiner, en daar is hij blij mee, denk ik.

We gaan nu langzaam verder, geleid door de gurkha, in de richting van de open plek en uiteindelijk komen we Gurkha tegen. Hij ligt op de grond en draait zijn hoofd om als hij ons hoort aankomen.

Hij wijst met zijn hand. Verderop, in een bijna vlakke depressie, hebben de Japanners een landingsbaan gebouwd. De blikjes bij de bomen, achteloos opgestapeld, zijn gemaakt van vliegtuigbenzine. Mogelijk zijn ze gedropt om daar te worden gedeponeerd. Voorlopig hebben de "Nullen" genoeg grond om te landen. Als de landingsbaan langer is, kunnen de transporten dat ook.

Ik stel me voor dat de Japanners het bezette gebied bezaaien met deze kleine vliegvelden, zodat ze hun vliegtuigen dicht bij de frontlinie laten opereren.

Ik herinner me ons recente gevecht met de Japanse patrouille. We zouden hier iets soortgelijks kunnen proberen. Maar er zijn vijftig...

De "Zero" die we eerder hoorden is er ook. Hij is geland en staat aan de rand van de open plek.

De luitenant van de Sikh geeft me zijn verrekijker en ik overzie de plaats. Er patrouilleren drie schildwachten rond de jerrycans. Anderen kijken eveneens naar de omgeving van het veld. Maar de meeste gele gaan ongewapend, werken als negers, kappen bomen en duwen ze opzij om meer grond vrij te maken.

'Slechts drie schildwachten' merk ik op. "We zouden ze kunnen proberen te verrassen zodra de nacht valt. Die trommels zijn gemakkelijk met een mes doorboord. Het terrein helt iets af naar het vliegveld. De benzine zou onder zijn eigen gewicht op de baan vallen.

'Het kan wel', zegt de luitenant van de Sikh. De twee gurkha's en ik zullen voor het werk zorgen. Je gaat niet naar buiten. 'We zullen de schildwachten uitschakelen en hier terugkeren, zodra de benzine op is. We laten het de grond weken voordat we het aanzetten. Door de geur komen ze misschien eerder over het plan te weten. Dan, op dezelfde manier, steken we het in brand en zullen we doelen hebben die erg verlicht zijn door het vuur.

Simpel, maar riskant. Het is echter het proberen waard.

"We gaan het proberen" zeg ik tegen hem. We gaan uitrusten tot de nacht.

Texas kijkt op zijn horloge.

"Drie uur" zegt hij laconiek.

III

De drie uur duren eeuwig. De zon gaat vandaag langzamer dan ooit onder. De duisternis begint de jungle over te nemen.

De Japanners maken veel lawaai. Ze zijn klaar met het werk van de dag en gaan besprenkelen met sake, de rijstlikeur. Ik veronderstel dat er meer dan één guerrilla moet opereren rond deze contouren, overblijfselen van Indiase, Britse of Chinese eenheden die door de gevechten zijn gedecimeerd.

Deze Japanners voelen zich echter veilig en zelfverzekerd. Ze rukken op op bijna elk front in Azië en het is slechts een kwestie van zeer korte tijd voordat ze heel Birma bezitten; Het pad van India lijkt voor hen open te staan, alleen zullen ze nog wat moeilijkheden moeten overwinnen.

Ik glimlach in het donker. Ik denk dat als we ze alle moeilijkheden geven die ze zullen hebben, de oorlog verloren is voor de geallieerden.

Wat willen we? Ik denk dat je je leven moet redden door onze linies te bereiken. Maar alles is erg verwarrend, althans voor mij. Het bedrijf is wanhopig, maak je er geen illusies over. Ik veronderstel dat we, niet fatalistisch zijnde, alles zullen doen wat minder is dan ons overgeven aan de Japanners.

De duisternis is al compleet. Er is geen maan. De geluiden van het Japanse kamp sterven beetje bij beetje uit en al snel heerst er een grote stilte, af en toe onderbroken door de duizend geluiden van de jungle, spookachtig en vreemd.

De Sikh-luitenant nadert. De twee Gurkha's gaan met hem mee, klaar om op avontuur te gaan.

'We moeten de schildwachten uitschakelen,' zeg ik tegen ze. "Probeer dan niet het minste lawaai te maken, doorboort zoveel mogelijk trommels. Onmiddellijk, kom hier terug. Als er iets misgaat, win dan het bos en vlucht naar het noorden. We zullen ze volgen.

Dat is alles. De Gurkha's houden de lange, gebogen messen van hun messen tussen hun tanden, en de Sikh doet hetzelfde met zijn machete.

Ze glijden, gehurkt als wilde beesten, naar de open plek; in een oogwenk uit het zicht.

Het wachten is gespannen. Het is verontrustend om hier in het donker te wachten op het moment om vijftig dappere Japanse soldaten bang te maken, terwijl, nou ja, we kunnen bang zijn, zodra het mis gaat.

Ik raadpleeg de lichtgevende wijzerplaat van mijn horloge. De Gurkha's en de Sikh vertrokken om 9.40 uur. Het lijkt mij alsof de tijd heeft stilgestaan. Ik leg het horloge tegen mijn oor en overtuig mezelf ervan dat het normaal loopt.

Minuut na minuut verstrijkt er een half uur. Ongeduld knaagt aan mijn ingewanden; maar ik heb me gerealiseerd dat op de een of andere manier alle leden van onze fractie de verantwoordelijkheid op mijn schouders hebben gelegd. Ik kan je niet teleurstellen. Zelfs als ik dat niet ben, moet ik eruit zien als de dapperste van allemaal.

Het bebaarde gezicht van de Sikh-luitenant verschijnt plotseling, nauwelijks zichtbaar in het bleke sterrenlicht. De twee gurkha's volgen. Dit betekent dat alles goed gaat en dat vervult mij met voldoening.

Nu moeten we wachten tot de benzine het Japanse kamp binnenstroomt. Op de natte modder, met de doorweekte aarde geeft het vocht, de brandstof loopt makkelijk denk ik.

Ik zou graag de details willen weten van de taak die door deze drie goede soldaten is uitgevoerd; hoe ze de schildwachten verrasten en elimineerden zonder het minste geluid, en een echte prestatie leverden.

Ik denk niet meer aan deze dingen als iemand begint te schreeuwen daar beneden in het Japanse kamp.

Ik versta de taal niet, maar de stem kan maar naar één ding verwijzen. Benzine doordrenkt de aarde en de Japanners hebben dit gemerkt, ongetwijfeld aan de geur.

Je moet snel handelen.

"De granaten! "schreeuw". Verspil je tijd niet!

Ik ontgrendel er een en gooi hem uit alle macht naar voren. Texas gooit er nog een.

De explosie van de mijne roept de echo's van het bos op. Dan barst die in Texas en licht het podium op. Er breekt een immense vuurzee uit, die naar voren lijkt te razen en het kamp overspoelt.

We zien Japanners door de vlammen rennen, hun kleren brandend; de "Zero" op de baan vat ook vlam en de tenten waarin de geels zijn ondergebracht, branden eveneens. De benzineblikken beginnen de een na de ander te ontploffen en projecteren hun vlammen fantastisch.

De verwarring is verschrikkelijk. Maar het is niets vergeleken met wat even later komt. Er zijn een reeks explosies en ten slotte een gruwelijke die de aarde doet beven.

Munitie misschien, een vliegtuigbomdepot, vliegt luid en fragmenten van alles in het kamp regenen op ons neer.

Ik stel me voor dat maar weinigen uit deze hecatombe zijn ontsnapt. Het verstandigste is om hier weg te gaan.

Ik roep wat bevelen en we rennen zo goed als we kunnen, altijd naar het noorden.

Als we een paar uur later een heuvel beklimmen en naar de top klimmen, is het grote vuur perfect zichtbaar. Het zijn de bomen die nu voor de brandstof zorgen. De overlevenden van onze aanval zullen veel moeten doen om dat uit te schakelen, als ze dat ooit doen.

"Iets geweldigs", zegt Texas.

Het moet zo zijn, denk ik.

'We gaan hier kamperen,' zeg ik. Bewakers van twee uur. Ik zal de eerste doen.

Ze halen allemaal het beste uit zichzelf. Ze proberen zichzelf te isoleren van de vochtigheid van de grond door stapels bladeren en takken van de struiken te vormen.

We zijn allemaal doodmoe. Binnen een paar minuten slapen ze zwaar terwijl ik toekijk. Ik denk dat ik nu wel een sigaret kan opsteken.

Ik steek het aan en bescherm de lucifer met de krijger zodat het licht niet zichtbaar is. Dan houd ik de sigaret bedekt met mijn hand. De brandende punt was van kilometers ver te zien.

Met de nacht is er iets cools. Ik krijg een koude rilling en kijk naar de sterren.

Ik heb altijd gedacht dat de Grote Beer het mooiste van alle sterrenbeelden is. Nu heb ik twee uur om er ononderbroken over na te denken.

* * *

Ondanks alles heb ik heerlijk geslapen. Ik denk dat ik te moe was. Maar het geluid van een motor maakt me wakker en ik zie dat mijn collega's ook wakker zijn geweest.

Het vliegtuig passeert heel laag en scheert bijna over de boomtoppen. We zijn goed bedekt met weelderige vegetatie.

Ik stel me voor wat er gebeurt; het kleine vliegveld dat we gisteravond hebben platgebrand heeft de Japanners nerveus gemaakt. Ze moeten aannemen dat er een aanzienlijke geallieerde kracht rond deze contouren is en proberen deze te ontdekken.

Het is een gevechtsapparaat, een "Zero", dat de eerste doorgang heeft gemaakt.

Dan komt er een verkenningsvliegtuig, met vast landingsgestel, dat veel langzamer vliegt, hoewel laag zoals het andere.

Texas kijkt naar zijn machinepistool en, voordat ik hem kan stoppen, vuurt hij woedend op de vijandelijke machine. Het is erg moeilijk om een vliegtuig neer te schieten met klein kaliber kogels, maar het vliegt erg laag en elk vliegtuig is kwetsbaar genoeg als het op een vitaal punt wordt geraakt.

Het Japanse apparaat stijgt sterk. Ik hoop dat je de aanval niet hebt opgemerkt die je hebt ondergaan, in dit schemerige licht van de dageraad.

Maar ik kan niet anders dan naar adem snakken. Het apparaat laat een spoor van zwarte rook achter! Ik kijk met belangstelling naar de stijgende curve, totdat de oranje gloed verschijnt. Het heeft vlam gevat.

Iets maakt zich los van het apparaat en beweegt er van weg; dan de enorme paraplu van een parachute.

De twee gurkha's beginnen te rennen. Ik stel me voor dat ze de Japanners een warm welkom zullen heten, maar ik maak me hier geen zorgen meer over als ik me realiseer dat we weer "Nul" hebben.

Ik weet niet of hij ons heeft ontdekt, maar hij maakt een pass met zijn machinegeweren. En de projectielen zijn ook niet verkeerd gericht. We raken de grond en ik begin het idee van Texas te vervloeken. Maar in ons korte bestaan als guerrillastrijders hebben we al twee vijandelijke vliegtuigen vernietigd en een flink aantal Japanners gestuurd. Niet slecht voor nieuwelingen.

De "Zero" blijft die contouren woedend machinegeweren, maar het zijn blinde stokken, want daarna zullen de salvo's ver van ons stoppen. Dit duurt een goed kwartier, totdat hij geen munitie meer heeft.

"Het wordt hier binnen de kortste keren heet", lacht Texas.

Heeft gelijk. Het bericht dat een landingsveld is vernietigd en een vliegtuig is neergeschoten, zal de regio ongetwijfeld populair maken.

'We zullen snel vertrekken,' beveel ik. Wees op uw hoede voor een nieuwe luchtaanval.

We zetten de mars voort en even verderop, een half uur later, voegen de twee Gurkha's zich bij ons. Ze zeggen niets, maar ik weet dat ergens in de buurt nu een Japans lijk ligt, onherstelbaar doorboord door de gebogen messen van die jungle-soldaten.

* * *

We ontdekten het Birmese dorp in een kleine vallei niet ver van de Northern Highway, die een paar kilometer verder slingert. Met de verrekijker van de sikh-luitenant, die ik me als chef heb toegeëigend, scan ik de gebouwen, voornamelijk bamboe, om te zien of er Japanners zijn.

Ik zie mensen in de kleurrijke kleding die op het land wordt gedragen, koeien die vredig rondlopen en arbeiders in de suikerrietvelden en rijstvelden ernaast; geen teken van Japans. Vertrouw echter niet.

We lopen al vijf dagen door de jungle en onze voorraden raken op. We hebben amper wat gedroogd brood, kaas en een paar blikjes confituur.

Ik geef de verrekijker door aan Texas.

"Er is hier veel vee", zegt hij. En we hebben geld.

Het is waar. We hebben Chinese dollars en Anglo-Indiase ponden bij ons. Ik veronderstel dat het mogelijk zal zijn om vlees te kopen in het dorp. En natuurlijk alle soorten voedsel die ze ons willen verkopen.

We verzamelden ons allemaal onder een van de grote bomen en bespraken de situatie.

"We kunnen niet de hele groep in de stad verschijnen" onthul ik. Als er Japanners zijn en het is een val, zullen degenen die niet gaan gered worden. Aan de andere kant, zelfs als er nu geen Japanners zijn, is het logisch om te denken dat ze vroeg of laat zullen opduiken. Dan kunnen de inboorlingen alleen melden wat ze zien; van slechts twee mannen. Kleine Gurkha en ik gaan. De anderen zullen hier wachten en de stad bewaken. Als er vijanden zijn, of als ze verschijnen terwijl wij daar zijn, moet de groep vluchten naar het noorden. Wacht niet. We zullen proberen ze te volgen. Als we niet terugkeren, en zolang mijn afwezigheid duurt, zal de luitenant het bevel overnemen...

Ik kijk Texas stom aan. Ik heb nog niet de moeite genomen om zijn naam te achterhalen. Hij lacht.

"Egan" informeert ". Luitenant James Egan.

"Luitenant Egan" vervolgde. "Op zijn beurt zal hij zo nodig worden vervangen door luitenant ...

De Sikh glimlachte ook.

Zing Muzumdar.

"Nou, dat is het," eindigde hij.

De sergeant van de Gurkha en ik gingen op weg en liepen langzaam de helling af naar het dorp. Gezien hoe de gebeurtenissen zich ontvouwen, kan ik niet anders dan optimistisch zijn. Birma is erg groot en aan de andere kant is het terrein zo ingewikkeld en de bossen zo dicht, dat de Japanners een man achter elke boom zouden moeten hebben om het gebied goed te beheersen.

Met andere woorden: ik denk dat we het gaan redden.

We bereikten het einde van het bos, aan de rand van de landbouwgrond. We hurkten daar en keken naar de inboorlingen. Er lijkt geen gevaar te zijn; Ze zijn druk bezig met hun taken en er is geen spoor van Japanse soldaten.

Ik kijk naar Kleine Gurkha. Hij kijkt me rustig aan. De beslissing is aan mij.

Ik zorg ervoor dat het machinepistool klaar is en ga de open plek op, het bos uit. De gurkha volgt me en kijkt om ons heen.

Een paar ogenblikken gebeurt er niets. We lopen verder naar de eerste huizen van de stad, alsof we op ons eigen grondgebied zijn.

Dan ontdekt iemand ons en roept iets. Er is een formidabele drukte in minder dan nodig is om het te melden. Mannen, vrouwen en kinderen haasten zich om ons te ontmoeten en ons te omringen; maar helaas kan ik niet verstaan wat ze zeggen.

Ik wend me tot Little Gurkha om te zien of hij voor mij kan tolken, maar ik kan de vraag niet helemaal stellen. Schud negatief met je hoofd. Hij spreekt ook geen Birmaans, of wat deze taal ook is. Ik weet dat er meerdere rassen en talen in het land zijn.

Ik glimlach alleen maar naar links en naar rechts en realiseer me, met een zeker begin, dat we niet gaan, maar dat ze ons meenemen. Met andere woorden, ze duwen ons naar een bepaald deel van de stad. Ik weet niet of ik tegen deze mensen moet zijn of met hen mee moet gaan.

Ik kies voor het eerste. We komen aan voor een bamboehuis, ruimer dan de anderen, en de groep Birmezen die ons leidt stopt.

Het wachten is echter niet erg lang. Een paar minuten later verschijnt er een oosterling aan de deur en kijkt ons aandachtig aan. Hoewel zijn gezicht lijkt op dat van andere inwoners van de stad, is hij gekleed in een wit westernpak.

"Engels?" vraagt me.

"Amerikaans. Ik ben een vliegenier en ik ben vijf dagen geleden neergeschoten", antwoord ik hem.

Hij knikt met zijn hoofd. Hij leunt opzij en wijst ons naar binnen. Hij nodigt ons uit om binnen te komen.

Als we dat doen, bevinden we ons in een vierkante kamer, met bamboematten op de vloer. Het is echter fris en schoon, zeer beschaafd in vergelijking met het leven dat we de laatste tijd hebben geleid.

Onze gast klapt in zijn handen, en meteen brengt een heel aantrekkelijk Birmaans meisje ons kopjes thee op een houten dienblad.

Het gesprek begint pas na een paar slokjes te hebben genomen, ik veronderstel dat dit de gewoonte van het land zal zijn.

"Ik ben Dr. Indaw", vertelt hij ons. "Het dorpshoofd is afwezig maar ik heb hier veel invloed.

"Zijn er Britten in de buurt? "Ik vraag.

Schud negatief met je hoofd.

"De geallieerde troepen trokken zich terug naar het noorden", informeert hij ons. "Ook naar het Westen, op weg naar Yunnan, in China. We weten dat hier kleine guerrilla's opereren, overblijfselen van eenheden die door de indringers zijn vernietigd, maar we hebben de een of de ander nauwelijks gezien. De Japanners bezetten het land en komen hier Mijn advies, als je er iets aan hebt, is om te proberen naar Manipur te komen.

Manipur ligt ten noordwesten van dit punt. Het is toch wat we van plan waren te doen.

'Kunnen ze ons eten verkopen? "Is mijn volgende vraag.

"We zijn schaars", zegt hij. De Japanners nemen alles wat ze vinden, maar ik denk dat we ze wat rijst kunnen geven.

'Misschien', merk ik op, 'is het voor ons mogelijk om een koe aan te schaffen.

Nu glimlacht Dr. Indaw vriendelijk:

"Ik ben bang van niet", legt hij uit. " De dorpelingen zijn boeddhisten en kunnen geen dieren doden. Ook zullen ze geen van hun koeien verkopen om te worden geslacht. Ze zullen genoegen moeten nemen met rijst. Zijn metgezellen zullen het zeker begrijpen.

Je raadt het al, we zijn niet met z'n tweeën. Dit maakt in ieder geval niet uit. Deze Birmezen lijken vriendelijk en zijn ongetwijfeld bang genoeg voor de Japanners om ze te haten.

We zullen nemen wat ze ons geven en onze weg vervolgen. We zullen nog meer steden tegenkomen en ik hoop dat ze allemaal zoals deze zijn.

We hebben niet de mogelijkheid om door te gaan met het uitwisselen van indrukken. In de buurt van het dorp ontploft een handgranaat en worden schoten gehoord. Ik denk dat ik het vuur van onze wapens herken, al kan ik me vergissen.

Wat kan er gebeurd zijn? Ik ren naar de deur van het huis en zet de verrekijker op de helling waar onze reisgenoten verbleven.

Ik zie niets en aan de andere kant is het vuur gedoofd. Die geluiden kunnen ergens anders vandaan komen. Ik sta op het punt om haastig het dorp te verlaten, zodra ze ons het beloofde eten hebben gegeven.

Het zijn echter niet alleen wij die zich zorgen maken; de inboorlingen lijken erg opgewonden. Een man komt aanrennen en praat met onze gast. Ik zie je gezicht donker worden.

"Japans! "zegt het me." Een vrachtwagen vol met hen komt langs de weg.

Ik hoor het geluid van de motor al. Te laat om het bos te winnen zonder gezien te worden.

Dan roept de dokter bevelen. Dan komt het bij ons terug.

'Mijn mensen zullen ze verbergen. Ga snel! "vertel ons.

Hij vertrekt, ongetwijfeld om de gevaarlijke bezoekers te ontmoeten, terwijl Little en ik, geleid door een Birmees, langs een van de gebouwen in het dorp worden geleid. De gids geeft ons het teken de ladder te beklimmen die tegen de bamboemuur leunt.

We doen het snel en komen terecht in een soort hooizolder, deels gevuld met droog gras.

Omdat dit hoger is dan de rest van de gebouwen, kunnen we heel goed zien wat er beneden gebeurt. Onderweg verschijnt er een lichte vrachtwagen, met de gehate rode schijven aan de zijkanten. Er zitten zo'n acht of tien soldaten binnen.

En iets anders. Ik zie lichtgekleurd haar en mijn hart slaat een slag over. Er is een vrouw bij hen, een blanke vrouw.

Als ze dan haar hoofd draait, herken ik haar. Het is Doris McDonald!

Wat is er met de anderen gebeurd? Het is niet moeilijk voor te stellen. Op de een of andere manier hebben die gele apen het feest verrast en ze allemaal vermoord. Minder haar. Ze moeten andere plannen hebben. Als ik aan hen denk, voel ik een hoogst onaangenaam ongemak in mijn maag.

Ze gaan naar de aarde. Ze worden gestuurd door een jonge, kleine officier met zijn samoeraizwaard aan zijn zijde en een hoge stem, die bevelen blaft in hun verdomde taal.

"Dr. Indaw ontmoet hen en de officier praat met hem. Ik zie hem naar een van de huizen wijzen en ik vermoed dat hij voor onderdak zorgt. Maar de officier komt daar niet binnen. Het is Doris die wordt geduwd door een van de soldaten, die op wacht bij de deur blijft staan.

De officier vertrekt met de dokter en de andere soldaten blijven naast de vrachtwagen.

Ik kijk naar Kleine Gurkha.

'Als we op het dak klimmen,' zeg ik, 'kunnen we dichtbij genoeg komen om granaten naar de soldaten naast de vrachtwagen te gooien.

Hopelijk vernietigen we ze allemaal. Dus we hebben nog maar twee mannen om mee om te gaan.

De kleine gurkha knikt met zijn hoofd.

'Ja, meneer,' zegt hij laconiek.

Ik meen iets gelezen te hebben over enkele bomrozenkransen die door de Filippijnse guerrillastrijders werden gebruikt. Het houdt in dat je een paar granaten door de ringen rijgt, de veiligheid van een van hen trekt en ze gooit. Ze moeten allemaal exploderen met dat effect dat 'sympathie' wordt genoemd.

We hebben er een paar bij ons. Ik maak er vijf klaar en maak ze vast met mijn riem. De shorts die ik draag zitten een beetje krap en ik heb ze niet nodig.

Dus glipten we van de hooizolder het dak op. Dit is te flexibel. Ik weet dat het sterk is en ons gewicht perfect zal houden, maar het zwaait op een enigszins geruststellende manier onder onze voeten.

We gingen naar het dak van het volgende huis en toen naar een ander. We staan al voor de vrachtwagen.

Ik gluur een beetje. De soldaten zitten op de grond, roken en praten luid. Het is het moment; het moet gebeuren voordat ze zich verspreiden.

Ik maak een van de granaten los en steek mijn hand uit. Hier gaan ze!

Hij wierp ze goed gericht en ik zie dat ze een boog beschrijven, die midden in de groep zal vallen, precies op het hoofd van een van de soldaten.

Hij schreeuwt uitzinnig.

Ik verberg me en de explosie klinkt. Ze zijn niet allemaal dood, maar niemand is opgestaan. Kleine Gurkha gooit nog een granaat en het geschreeuw stopt.

Ik ren naar de andere kant van het dak. Van daaruit kan ik de soldaat zien die de plaats bewaakt waar Doris is opgesloten.

Inderdaad, het komt aanrennen, vastgelijmd aan de tegenoverliggende muur. Ik schiet hem een korte stoot met het machinepistool en de grond springt langs zijn voeten.

Hij laat een knie op de grond vallen, draait zich om en ontdekt me. Hij heft zijn geweer echter te laat op. De volgende download eindigt met hem.

"Doris! "schreeuw". Ga op de grond liggen en beweeg niet!

Nu is de Japanse officier alleen. Ik begrijp dat we hem snel moeten afmaken en hier weg moeten. Deze vrachtwagen zal niet de enige zijn die hier patrouilleert. We lopen gevaar dat er nog een opduikt.

Vanaf het dak genieten we van een goede positie. Kleine Gurkha aan de ene kant en ik aan de andere; de Japanners zullen niet weten waar ze ons moeten zoeken. Hoogstwaarschijnlijk zal hij naar de plaats gaan waar hij zijn mannen met de vrachtwagen heeft achtergelaten.

Het is precies wat er gebeurt. Met de romp voorovergebogen, het zwaard in de linkerhand en zwaaiend met een pistool in de rechter, rent de officier naar de vrachtwagen.

Ik heb nog een granaat onveilig gemaakt. Ik tel langzaam tot drie en gooi het ongeveer een meter voor hem uit.

Het barst luid. De officier is gevallen. Een been komt bijna los boven de knie; hij ligt met zijn gezicht naar beneden, leunend op zijn handen en schreeuwend als een wild beest.

Kleine Gurkha is al van het dak naar beneden gekomen. Hij rent als een pijl op de Japanners af, met zijn golvende mes in de hand. Je twijfelt geen moment. Hij grijpt hem bij zijn nek en steekt hem met het mes, een, twee, drie keer, totdat hij in elkaar zakt en stopt met schreeuwen.

Ik laat me van het dak op de grond vallen. Het is amper zeven of acht voet lang.

"Doris! "schreeuw". Doris!

Het meisje verschijnt om de hoek. Hij loopt alsof zijn benen van rubber zijn geworden, ze buigen bij elke stap mee. Hij komt naast me staan en ik glimlach naar hem.

'Het is allemaal voorbij,' zeg ik lachend. " Wij kunnen...

Maar ze luistert niet naar me. Ze klampt zich vast aan mijn arm, haar hoofd rust op mijn schouder. Zijn rug trilt, maar ik hoor geen geluid.

"Ok, rustig aan," zeg ik. Het gevaar is voorbij. Laten we hier nu meteen weggaan.

De crisis gaat snel voorbij. Doe een stap achteruit en glimlach moedig.

Sommige inboorlingen en Dr. Indaw arriveren. Hij kijkt bedroefd naar het lijk van de Japanse officier.

"Er zullen vergeldingsmaatregelen komen", zegt hij langzaam.

Ik begrijp uw standpunt. We moeten iets doen.

'Loopt hier een rivier? Ik vraag hem.

"El Mu. Minder dan twee mijl.

Zoals ik me herinner, is de Mu een zijrivier van de Irrawaddy. Het is tussen de laatste en de Chindwin.

'Geef opdracht om de lijken in de vrachtwagen te laden,' zeg ik tegen hem. Laat ze daar ook hun wapens neerleggen. En maak de rijst klaar die ze ons gaan geven.

Alles is snel gedaan. Ze laden de lichamen van de Japanners in de vrachtwagen en geven ons een paar zakken tarwe van ongeveer tien pond elk. Dan wil de dokter geen betaling voor hem accepteren.

Ik onderzoek de vrachtwagen. Zijn lichaam is erg gehavend; Een achterwiel is kapot, maar we gaan maar een korte afstand afleggen. We kunnen het. De dokter gaat met ons mee, om ons de weg te wijzen.

Doris, de dokter en ik gingen naar de hut. Kleine Gurkha klimt naar achteren. Ik start de motor. Het werkt perfect. Langzaam, vanwege het beschadigde wiel, gingen we de modderige weg af.

Het kostte ons een half uur om de twee mijl te doen, maar we kwamen er. De dokter wijst met zijn hand.

'Daar heb je het,' zegt hij.

De rivier stroomt in een doos langs een vallei. Het pad versmalt, maar ik slaag erin dicht bij de kust af te dalen.

Ik rem en we verlieten het voertuig. Ik zeg tegen de gurkha dat hij alle handgranaten die de Japanners bij zich dragen, moet verzamelen, en als we ze van de vrachtwagen halen en de rijst opzij leggen, klim ik terug in de cabine en laat ik de remmen los.

De vrachtwagen glijdt de rivier in en neemt snelheid op. De weg buigt naar het noorden, om een koers parallel aan de stroming te volgen, maar ik neem de bocht niet. Ik spring op de grond en slaag erin mijn evenwicht niet te verliezen. Ik zie hoe de vrachtwagen naar de rivier raast en onder het geelachtige water verdwijnt.

Ik ga terug naar de anderen. Ik schud de hand van de dokter.

"Bedankt voor alles," zeg ik kort.

"Succes", antwoordt hij.

IV

Kleine Gurkha biedt me een sigaret aan. Midden in die eindeloze jungle zijn we gestopt. Volgens mijn berekening zijn we niet verder dan vijftig of zestig mijl bij de grens gekomen, wat ontmoedigend is.

Ik merk dat het sigarettenpakje bijna leeg is. Ik kijk in mijn zakken en zie dat we er nog maar één hebben, namelijk in het midden. Het alternatief is dit: of we stoppen met roken of we nemen sigaretten van de Japanners.

We zijn ook klaar met de proviand die we uit het vliegtuig hebben gehaald en vanaf dit moment zullen we moeten beginnen met de rijst en met alles wat we zelf kunnen voorzien door onze eigen middelen.

Ik heb Doris niet gevraagd naar de hinderlaag waarin onze metgezellen zijn omgekomen. Ze zijn al dood en het heeft geen zin meer details te weten.

We hebben een probleem. We missen keukengerei. We hebben iets nodig om de rijst in te koken. Little Gurkha lost de situatie op door de bovenkant van een van de kantines af te snijden. Ik denk dat gekookte rijst, zelfs zonder zout, verschrikkelijk zal zijn. Ik zou graag iets lekkers kunnen toevoegen, bijvoorbeeld vlees.

Ik veronderstel dat deze jungle vol dieren zal zijn, maar we zien slechts twee soorten in overvloed: vogels met het uiterlijk van kaketoes en apen.

'Hoe gaat het? Vraag ik Doris.

"Nou. Geef me een sigaret, wil je?" antwoordt.

Ik geef er een aan haar en ze steekt het op met de mijne. De wedstrijden die we nog hebben, zullen ook niet eeuwig duren.

'We kunnen een van die vogels neerschieten,' zeg ik tegen Little Gurkha.

Schud negatief met je hoofd.

"Ze zijn erg hard" informeert hij me ". Ze hebben een slechte smaak. Beter, we jagen op een aap.

Doris huivert.

"Wat een afschuwelijk ding! Hij becommentarieert.

"Het is vlees" glimlach ik. "Het maakt gekookte rijst misschien smakelijker voor ons.

Kleine Gurkha knikt. Hoewel hij zichzelf van een machinepistool voorzag toen we de apparatuur uit het vliegtuig haalden, maakte hij zijn geweer niet los met een telescoopvizier. Ik denk dat hij een topschutter moet zijn.

Ik zie hem naar het pistool kijken en zorgvuldig mikken. Er is een zwerm apen in een van de nabijgelegen bomen. Druk zachtjes op de trekker en de apen schreeuwen afschuwelijk zodra de ontploffing klinkt. Dan, na over enkele takken gestruikeld te zijn, valt een aap op de grond. Hij leeft nog. De gurkha rent naar het dier toe en maakt het af met zijn lange mes.

Hij bindt het dan aan een lage tak en begint de huid af te pellen. Het is een walgelijke scène. De gelijkenis van antropomorfen met de mens is te verontrustend en ik begin te twijfelen of het rijst verbetert.

Eenmaal gevild, veroorzaakt de bug me vreselijke misselijkheid. Het lijkt op het lijk van een kind. Doris heeft haar hoofd in een andere richting gedraaid. Ik begrijp dat het voor ons niet mogelijk zal zijn om dat te verslinden.

En ik vertel het de gurkha.

"The monkey is good" probeert ons te overtuigen.

"Om nog maar te zwijgen" glimlach ik. We eten alleen rijst. Het vlees voor jou.

Je begrijpt het niet, maar we doen wat ik voorstel. We steken een klein vuurtje aan en koken een portie rijst in de geïmproviseerde ketel. Dan maakt de gurkha nog een voor hem klaar, met het vervloekte apenvlees.

De rijst is echt slecht; een gelatineuze massa, met een rokerige smaak. Het ergste is het gebrek aan zout. Ik herinner me dat ik las dat oude Amerikaanse prairiejagers hun voedsel op smaak brachten met buskruit bij gebrek aan de nodige kruiden.

Ik haal een rondje uit een van de magazijnen die ik bij me heb en verwijder de schaal. Ik proef het buskruit, maar kan geen smaak vinden die op zout lijkt. Liever als gehakte houtskool, dus ik spuug het snel uit en eet mijn rijst op.

Niet alleen is het eten rampzalig, maar bij gebrek aan bestek moeten we onze vingers gebruiken. Ik kijk naar Doris en moet lachen. Haar ogen worden groot, blijkbaar erg verrast; dan, alsof hij beseft hoe humoristisch de situatie is, lacht hij.

Ik heb me al negen dagen niet geschoren. We zijn ook niet half schoon; Ik moet er op zijn minst bizar uitzien. Een paar ogenblikken lachten we als een gek. Ik weet dat we op dit moment de spanning hebben doorbroken die ons al die dagen beheerste.

"Ik weet zeker dat we hier levend uitkomen" zeg ik tegen Doris. Als we nog steeds willen lachen, kunnen we omgaan met wat er daarna komt.

De gurkha kijkt ons aan en blijft zijn apenrijst eten. Hij lacht niet. Je denkt vast wel hoe vreemd blanke mensen zijn, en misschien heb je gelijk.

"Wij zijn de gelukkigste mensen ter wereld om te lachen in een situatie als deze", lacht Doris. En ook de smerigste.

"Ik heb geluisterd! De gurkha steekt een hand op.

Mijn hart slaat een slag over. Japans?

Ik hoor alleen een soort gedempte grom. Ze komen van rechts van ons.

Ik kijk de gurkha vragend aan.

'Het zwijn! Fluistert hij met een heel lage stem.

Eetbaar vlees! De gedachte elektriseert me. Ik pak het machinepistool en wijs het bos in.

'We zullen hem pakken!'Ik beveel.'Blijf hier, Doris!

De gurkha pakt zijn geweer en we glijden zo stil mogelijk naar de plek waar de geluiden vandaan komen. Mijn partner weet dit terrein veel beter te bewandelen dan ik. Neem de leiding en ik vervloek de dode takken en het afval op de grond.

Ik haal het eindelijk in. Hij is op de grond gevallen en wijst naar voren. Ik kniel neer en gluur door het kreupelhout. Op een kleine open plek, ongeveer vijftig meter verderop, zijn twee harige beesten, vergelijkbaar met het gewone varken. Twee wilde zwijnen wier loutere contemplatie mijn mond met water doet vullen.

Ik draag het machinepistool en richt.

De gurkha brengt zijn mond naar mijn oor.

"Aan de kleine" geeft met een zeer lage stem aan.

Het lijkt me dwaas. Het gaat ons hetzelfde kosten, dus ik mik op de grootste en haal de trekker over.

Ik heb het geluk om het dier neer te slaan; maar de ander loopt niet weg. Hij begint te puffen en stormt in volle vaart op ons af.

De gurkha roept iets; Ik begrijp niet wat hij bedoelt, maar ik richt opnieuw en schiet het kleine zwijn neer. De ontlading stopt abrupt; hoe hard ik ook de trekker overhaal, ik krijg het niet werkend. De gurkha loopt naar links. Ik ben voor hem gekomen en hij heeft ruimte en zicht nodig om te schieten.

Ik trek aan de hendel om de vastgelopen cartridge uit te werpen zonder succes.

Het everzwijn komt aanrennen als een locomotief, zijn hoektanden bedekt met schuim. Met hen kan hij me een hekel geven, me ernstig verlammend.

Ik laat het machinegeweer vallen en maak de Japanse bajonet los die ik me een paar dagen geleden heb toegeëigend, maar ik denk niet dat ik het effectief zal kunnen gebruiken.

Dan klinkt er een schot. Slechts één, maar het zwijn zakt in elkaar en schopt woedend met zijn voorpoten, terwijl hij nog steeds probeert dicht bij me te komen.

De kogel brak zijn ruggengraat. Little Gurkha heeft een uitzonderlijk oog; Het heeft me gered van een extreem gevaarlijke situatie.

Ik nader het gewonde zwijn, lever de genadeslag en steek de bajonet in zijn nek. Een straal bloed springt eruit en alles eindigt snel.

De Japanners die dit mes bezaten, zorgden ervoor dat het scherp bleef.

De gurkha ontmoet me. Hij draagt het geweer onder zijn arm en er wordt iets op zijn lippen getekend dat op een glimlach lijkt. Bij deze Aziaten is het moeilijk om te weten welke kaart je moet houden.

"Het vrouwtje valt aan als het mannetje zelfmoord pleegt", vertelt hij me. In plaats daarvan vlucht het mannetje en laat het vrouwtje in de steek.

Nu begrijp ik zijn vastberadenheid om de kleinste wilde zwijnen, dat wil zeggen het vrouwtje, af te schieten. De rest van mijn fout bestaat uit de seconden spanning die ik heb opgelopen en twee dode dieren, terwijl we met één genoeg zouden hebben gehad.

'We zullen de hammen snijden,' stel ik voor. "We zullen eten als koningen.

De gurkha weet hoe het moet. We dragen dan de vier poten van onze prooi en keren terug naar Doris. Ik vertel je niet over mijn avontuur, aangezien ik daarin een niet erg gracieuze rol heb gespeeld.

Het kampvuur wordt weer aangestoken en we plaatsen een van de poten van het zwijn over de vlammen en steken het op een staak die Little Gurkha doorsnijdt.

Als het klaar is met roosteren, is het gedeeltelijk verbrand en gedeeltelijk bijna rauw; maar het is het lekkerste dat ik heb gegeten sinds ik de Assam-basis heb verlaten.

Ook Doris maakt het vlees waar, en de kleine gurkha eet, ondanks de hoeveelheid rijst en aap die hij heeft gegeten, een goede portie. We voelen ons allemaal beter.

Het is echter niet wat ik weet, zegt een rustige maaltijd. Er komen vreemde geluiden uit het bos. Er is gehuil, iets dat lijkt op blaffen en als klap op de vuurpijl een reeks kreten en iets dat klinkt als een gekke lach.

Doris kijkt me bezorgd aan. Ik wend me tot de gurkha.

"De jakhals en de hyena" legt dit uit, heel kalm. Wilde honden.

We staken een sigaret op uit onze magere voorraad en ik begin het machinepistool uit elkaar te halen om het te ontgrendelen. Ik snap het makkelijk en zet het weer in elkaar als er een soort droge hoest over ons komt, op de vleugels van de wind, gevolgd door een diep, hol gebrul dat de aarde doet beven.

De gurkha wacht niet op ons om het hem te vragen.

"De tijger" zegt hij kort.

We bevinden ons in het domein van de wilde dieren, echter minder angstaanjagend dan de kinderen van de rijzende zon die dit eens zo vredige land bezetten.

De wilde dieren smullen van de overblijfselen van de wilde zwijnen, maar volgen een voorkeursbeurt, volgens categorieën. Hierin hebben mannen nog veel te leren van de beesten.

Ik heb mijn huiswerk af.

"Een dutje is nodig" glimlach ik. We krijgen een moeizame vertering en er is geen toevoer van bicarbonaat.

We lagen te slapen in de schaduw van het tropische woud. De regens zijn al gestopt en het land is droog.

* * *

De Chindwin loopt aan onze voeten. Er zijn geen wegen in dit deel van het land.

Dat er geen wegen zijn, betekent dat de Japanners in deze gebieden niet veel gemotoriseerde troepen kunnen inzetten. Zo zijn we zekerder dat we geen onaangename ontmoetingen hebben.

U hoeft echter niet ver te zoeken om deze hardnekkige kleine geeltjes te vinden. Ze hebben een patrouillesysteem georganiseerd met marineschepen. We zien hoe een van hen voor anker gaat bij de kust en een peloton van twaalf soldaten uitstapt: ze waden door de stroom met het water in het middel, hun wapens hoog houdend en verdwijnen in de jungle.

Twee matrozen blijven aan boord. Ik veronderstel dat er meer bemanningsleden moeten zijn; ten minste drie en een officier.

Het verstandigste zou zijn om daar weg te gaan, maar gisteren hebben we onze laatste sigaret gerookt en onze voorraden zijn op. Het lijdt geen twijfel dat de boot zal worden voorzien van de dingen die we nodig hebben; daarom zullen we het risico nemen ze een bezoek te brengen.

We zitten op de grond, op een punt van waaruit we comfortabel naar de boot kunnen kijken. Terwijl we het laatste restje gebraden everzwijn eten dat we nog hebben, springt de bemanning aan wal. De zon is erg heet en de metalen boot zal op dit uur een oven zijn.

Er zijn, zoals ik al vermoedde, drie matrozen en een officier. Ze steken een vreugdevuur aan onder een boom in de buurt van de kust en bereiden hun eten. Het is een ideale gelegenheid om dicht bij ze te kruipen en ze met een paar granaten te sturen.

Maar de patrouille die is geland kan niet ver achterblijven. Als ze de ontploffingen horen, kunnen ze de aanval weer op gang brengen en dat zou een slechte zaak zijn. Het systeem dat we gebruiken moet anders zijn.

"We wachten tot het donker wordt" zeg ik dan. "Er zal tenminste een man aan dek zijn. En die zal bij voorkeur de kust bewaken. De sergeant en ik zullen zwemmen en aan de andere kant klimmen."

Doris kijkt me vermoeid aan. De reis is erg zwaar. Het is echter niet de fysieke uitputting die haar het meest deprimeert. Het is de onzekerheid, de nerveuze spanning van deze mars door vijandelijk gebied waar elk moment het laatste kan zijn.

Wat is mijn aandeel in het plan? "vraag.

"Verwacht. Wacht hier. Voor het werk dat we gaan doen, zijn we genoeg. Als het mis gaat, vervolg dan het pad naar het noorden, de rivier volgen. Slechts 130 mijl naar het noorden is Sittaung. De stad zal in handen zijn gevallen van de Japanners, maar ten westen van Sittaung, op minder dan twintig mijl afstand, loopt de grens van Manipur, bevriend gebied. Dat zal haar doel zijn als ze alleen is, en het onze als we samen verder gaan. Ik zou zeggen: "Ik voeg glimlachend toe" , dat we zullen slagen en dat we uit Birma zullen komen zonder een simpele schram te krijgen.

Paro, ondanks mijn lichte toon zweven er zwarte voortekenen in de lucht. De gurkha heeft niets te zeggen. En Doris gaat door een crisis van uitputting en wanhoop. Deze aanval op het schip moet echter worden uitgevoerd.

Zonder voedsel zijn we verloren. We moeten het proberen.

De schaduwen worden langer als de zon richting zonsondergang loopt. Binnenkort zullen we moeten beginnen aan het avontuur van het verslaan en vernietigen van vier Japanners, stilzwijgend.

De mogelijkheid bestaat dat de ontscheepte patrouille tegen het vallen van de avond weer aan boord komt, maar ik denk dat het hoogstwaarschijnlijk een hele dag of langer zal duren om terug te keren. Hoe dan ook, we zullen het risico nemen.

Als het donker wordt, voel ik zoiets als een zenuwinzinking. Het is een zorg die ik probeer te verbergen. Ik weet dat mijn collega's mij vertrouwen en ik mag ze niet verraden.

Als we zelfs maar een paar sigaretten hadden, denk ik dat dit wachten gemakkelijker voor mij zou zijn. Doris lijkt plotseling mijn gedachte te hebben geraden.

Hij zoekt in zijn tasje naar een doek die ontworpen is om een gasmasker van het Japanse leger te bevatten, dat we hebben gevangen van een van de lijken die we een paar dagen geleden in de rivier hebben gegooid.

Hij pakt er iets uit en geeft het aan mij. Ik maak een verbaasd gebaar. Het is een verfrommeld pakje Japanse sigaretten, zwaar beschadigd. Het heeft er nogal wat.

'Ik bewaarde het voor een buitengewone gelegenheid,' zegt hij langzaam.

"Dit" is een buitengewone gelegenheid. Ze zal met rust gelaten worden, hier midden in de Birmese jungle, terwijl wij eropuit gaan om een actie te ondernemen waarvan we misschien niet meer terugkeren.

We steken onze sigaretten aan en roken een paar minuten. Van tijd tot tijd scan ik de site waar de Japanners zijn. Ze gaan misschien niet terug aan boord en slapen aan wal, hoewel dit onwaarschijnlijk is.

Inderdaad, zodra het donkerder wordt verlaten ze de kust en stappen op de boot. Ze laten de vlag van de rijzende zon zakken. Aan dek houdt een matroos de wacht, gewapend met een geweer en een vaste bajonet. De anderen verdwijnen door de luiken. Als ze de lichten aandoen, sluiten ze deze luiken, hoewel niet helemaal vanwege de hitte, zodat sommige stralen worden weggefilterd.

Ik denk dat het donker genoeg is voor onze doeleinden.

'Laten we gaan? Zeg ik tegen de gurkha.

Hij staat op en legt zijn geweer opzij. We zullen alleen de pistolen en wapens met bladen dragen.

'Altijd, kapitein,' antwoordt hij.

Ik draai me om naar Doris.

'Het duurt niet lang,' zeg ik tegen hem. We zullen terugkomen.

Ze geeft geen antwoord. We glijden geruisloos de helling af, tot we de oever van de rivier bereiken, boven de plaats waar de boot voor anker ligt. Dus als we moeten zwemmen, doen we het met de stroming. Ik wil niet denken aan de slechte tijd die Doris zal hebben, wachtend op onze terugkeer.

We trokken door de struiken aan de kust, door de groeiende duisternis. Het wordt een maanloze nacht, heel passend voor het bedrijf.

Er spookt iets door mijn brein terwijl we deze laatste paar meter afleggen om een gunstige plek te bereiken om in het water te springen. Het stoort me buitengewoon om het niet te vinden. Er is een detail waar ik geen rekening mee heb gehouden bij het plannen van de zaak, maar ik val niet in wat het zou kunnen zijn.

Ik denk er deze korte minuten over na zonder het probleem echt op te lossen.

Eindelijk stoppen we. Vanaf hier kunnen we comfortabel zwemmen, de boot is genoeg stroomafwaarts. Ik wikkel mijn pistool in een plastic zak van het soort waar gedroogd brood in zat en geef er nog een aan de gurkha om dezelfde handeling met zijn revolver uit te voeren.

Ik hoop dat ze effectief zullen zijn om te voorkomen dat de wapens nat worden. Dan waden we de modderige stroom in tot het water boven ons middel staat. Toen begonnen we te zwemmen, langzaam om geen schuim te vormen of het minste geluid te maken.

De gedachte dat ik iets ben vergeten, iets belangrijks, kwelt mijn geest, maar ik kan niets doen om deze situatie op te lossen.

V

Het water is warm. Dit bad zou in andere omstandigheden een plezier zijn. Hoe dan ook, waar ik me het meest zorgen over maak, is dat gevoel van onbehagen dat ik iets vergeten ben.

Ik ben echter verder gegaan. Dit om te onthouden verwijst naar een gesprek op de basis in Assam. Ja, dat was iets wat een collega me vertelde over de Chindwin. Wat was het?

Opeens begin ik het koud te krijgen. Wat ze me vertelden, verwees natuurlijk naar de Chindwin: "Pas op dat je niet in de wateren van de Chindwin valt", zeiden ze tegen me, "het is een zwerm krokodillen."

Krokodillen!

Het is te laat voor spijt. We hoeven maar een paar honderd meter te zwemmen, meer dan genoeg om erachter te komen of het waar is over de krokodillen. Ik vraag me af of de gurkha dit weet.

Hoogstwaarschijnlijk weet je het. Alleen, als een goede soldaat, als een meerdere, ik, zegt om in de Chindwin te zwemmen, heeft kleine gurkha niets te zeggen. Ik heb genegenheid en bewondering voor deze persoon van een ander ras die moedig aan onze zijde vecht.

Elk moment wacht ik tot de dodelijke kaken van een krokodil zich om mijn lichaam sluiten. Dit gevoel is zeer acuut, vooral in de voeten, die vreemde voorwerpen lijken te raken bij elke beweging die ik maak.

We bereikten echter zonder incidenten de zijkant van de boot. Het ergste kwam toen ik het lage dolboord greep en me aan dek deed. Op dit laatste moment krijg ik bijna zin om te schreeuwen. Maar alles loopt goed af; Ik ben al aan boord, voorovergebogen, bajonet in de hand, wachtend op mijn metgezel, nog geen vier meter van de schildwacht, die stilletjes een sigaret rookt.

Ik kan haar wazige figuur zien bij elke zuigbeurt die ze neemt. De gurkha komt me zwijgend tegemoet. Ik denk even na over de situatie.

De schildwacht blijft roerloos, rokend. Tussen hem en ons is de opening van een luik, ongeveer anderhalve meter hoog. Alleen zijn hoofd is vanaf hier zichtbaar, aangezien hij niet meer op en neer loopt.

Ik geef de gurkha een teken om vooruit te gaan, ik ga erachteraan. We moeten hem stilletjes elimineren als we succes willen hebben.

De gurkha knikt. Hij haalt de plastic zak van zijn revolver en ik ontdek mijn pistool. Het zal een laatste redmiddel zijn om vuurwapens te gebruiken, maar we zullen dit doen als dat nodig is.

Dan pak ik de bajonet en schuif achter het luik.

Ik heb de schildwacht op minder dan een stap afstand. Als hij zich nu omdraaide, zou hij me waarschijnlijk niet zien. De duisternis is diep; hij daarentegen is in het nadeel, met die sigaret in zijn mond, die zijn positie aangeeft.

Je moet snel handelen. Ik ga rechtop zitten en val aan. Ik leg mijn linkerarm om zijn nek, zodat ik hem op de noot druk zodat hij niet de minste kreet kan uiten. Tegelijkertijd bajonet ik hem in de zijkant tot aan de bewakers.

Het kronkelt zo heftig dat ik denk dat het uit de hand zal lopen. Maar de gurkha is er al en hanteert het mes als een expert die hij is.

Ik hoor het griezelige geluid van vlees en kraakbeen dat uit elkaar wordt gescheurd door het angstaanjagende mes van mijn partner, dat spijkert en snijdt als een beest.

De schildwacht is al een traag gewicht op mijn arm. De gurkha legt het geweer van de schildwacht opzij en tussen ons twee in grijpen we hem bij de voeten en zetten hem ondersteboven in het water. We laten voorzichtig los en het lichaam van de Japanner zinkt geruisloos.

Nu we het dek bezitten, moeten we wachten tot iemand de schildwacht komt aflossen. We kunnen het risico niet nemen om door het luik te gaan en drie mannen aan te vallen op een plek die we niet kennen, maar waar ze wel bekend mee zullen zijn.

De minuten gaan langzaam voorbij, maar de gelegenheid komt eerder dan we hadden gedacht. Iemand komt uit het luik en zegt iets.

Aangezien ik geen Japans versta, denk ik dat deze matroos de schildwacht wil spreken. Het is een moeilijk moment, want niemand gaat hem antwoorden.

Maar de matroos vermoedt niet wat er gebeurt. Je moet je voorstellen dat je partner afgeleid zal zijn; Hij komt aan dek en doet een paar stappen in mijn richting, gevaarlijk dichtbij. Ik zit gehurkt achter een van de ventilatieopeningen en vraag me af wanneer de tijd rijp is om erop te springen.

Ik kan hem in het donker nauwelijks onderscheiden, maar zijn witte uniform valt zo op dat ik hem niet uit het oog verlies.

Plots lijkt de Japanner een duivelse dans te beginnen. Hij trapt woedend, ook al maakt hij niet het minste geluid. Ik spring op hem en ik begrijp wat er in een seconde gebeurt. De gurkha probeert hem met zijn riem te wurgen.

Ik moet hem helpen en dat is wat ik doe. Ik spijker snel mijn bajonet, slag na slag toe. Er glijdt iets heets en slijmerigs uit de greep en plakt aan mijn hand, maar ik blijf spijkeren en spijkeren tot de matroos roerloos is, inert als een zak gevuld met iets zachts en zwaars.

We laten hem hetzelfde pad volgen als zijn metgezel en ik tik de gurkha op de rug. Deze taak gaat ons heel goed af. Ik twijfel er niet aan dat we zullen slagen en ik ben in een zeer goede bui.

Ik gebaar naar Little Gurkha om bij het luik te gaan staan en te wachten.

Ik kijk naar de andere achter, en daar glijd ik. Natte kleren doen me rillen, maar een soldaat kan niet om comfort vragen. Ik kan niet anders dan glimlachen als ik bedenk wat een vreemd soort soldaat ik ben, een piloot die het bevel voert over vijandelijk gebied.

Het zou me veel tijd hebben bespaard om te weten hoe ik oorlog zou moeten voeren; De regering heeft veel geld uitgegeven aan mijn leertijd om in ruil een voetvechter van de zeldzaamste ter wereld te krijgen.

Een metaalachtige resonantie doet me schrikken. Het glazen raam achter, nog geen twee meter van mij vandaan, is zojuist geopend. Het hoofd en de schouders van de derde matroos verschijnen door de opening en verdwijnen vrijwel onmiddellijk.

Ik nader voorzichtig en kijk. Dat is een kleine ruimte waar de motor van de boot is ondergebracht. De matroos moet de monteur zijn en bekijkt iets bij het licht van een zaklamp. Hij heeft wat gereedschap naast zich en neuriet een oriëntaals melodietje van drie of vier noten.

Het heeft geen zin om je te bedreigen met mijn wapen. Zelfs als zijn leven op het spel staat, zal hij schreeuwen als een vervloekte man. Ik heb hem op nog geen meter afstand en ik weet niet hoe ik hem tot impotentie kan reduceren zonder de stilte te verbreken.

Hij is gehurkt over de motor aan het werk. Vroeg of laat ga je rechtop zitten om je rug een beetje te strekken. Dan wordt het tijd om hem uit te schakelen, maar hoe?

Eén hit is het juiste om te doen. Ik steek mijn bajonet in mijn holster en pak de zware .45-automaat vast. Met die blauwstalen ton zou je een neushoorn kunnen laten inslapen. Ik denk niet dat de schedel van het geel half zo sterk is als die van een van die beesten.

De gelegenheid komt. De Japanner, nog steeds het exotische deuntje neuriënd, gaat rechtop staan en steekt zijn hoofd door het luik. Helaas keert hij me niet de rug toe, maar kijkt hij me aan. Maar als je van licht naar donker gaat, zal het even duren voordat je leerlingen eraan gewend zijn, tijd die ik je daarentegen niet toesta.

Ik laat het pistool op zijn hoofd vallen. Ik heb na de klap alle energie gestoken waartoe ik in staat ben. Er is een vreselijke klik en ik zie hem op de motor vallen, waar hij bevriest. Ik heb de bovenkant van zijn geschoren schedel verbrijzeld. Een goede slag.

Ik keer terug naar de gurkha. We hebben nog maar één vijand aan boord. We moeten iets bedenken om hem aan dek te krijgen. Maar als het lang duurt, moet je ernaar zoeken.

Kleine Gurkha wijst naar een punt op de kust. Ik kijk in die richting en zie wat kleine lichtjes tevoorschijn komen. Dan gloeien een paar vuurpunten in het donker, die van tijd tot tijd intensiteit krijgen en verliezen.

De Japanse patrouille! In tegenstelling tot wat ik dacht, keren ze terug om de nacht op de boot door te brengen. En we zijn nog lang niet klaar met ons werk.

Je moet snel iets bedenken. We kunnen bijvoorbeeld de kust bereiken en onszelf verliezen in het bos. Maar dan blijft onze situatie slecht. We hebben geen eten... geen sigaretten.

Dit beslist mij.

"Het anker! "Ik zeg het tegen de gurkha." Je moet het hijsen.

We rennen naar de boeg en trekken aan de ketting, terwijl we proberen geen lawaai te maken.

De bodem is modderig en we zijn er zonder problemen uitgekomen. Dan begint de boot te drijven, aangedreven door de stroming. Wanneer de Japanners de plaats bereiken waar ze het hebben achtergelaten, zullen ze het daar niet vinden en zullen ze een manier moeten bedenken om erachter te komen wat er is gebeurd.

We glijden, gedreven door de stroming, stroomafwaarts; gelukkig dreven we dicht bij de kust.

Wat doet de Japanse officier? Misschien is het aan het slapen, in welk geval het nodig zal zijn om erop te jagen zonder tijdverlies.

De boot krijgt een hevige aanvaring en begint langzaam te draaien; we hebben een zandplaat aangeraakt, maar we zijn er meteen van verlost zonder vast te lopen.

Dan zijn er kreten in het Japans. De officier heeft door dat we op drift zijn en komt kijken wat er gebeurt!

Het stijgt met zo'n snelheid door de luikopening dat het ons overrompelt. Ik reageer op het moment en trek aan de kolf van mijn automaat. Ik sla hem met een enkel schot om en hij valt overboord in het water.

'Kom naar beneden, schiet op! Ik schreeuw tegen de gurkha.

We haastten ons door het luik en doorzochten de twee kleine hutten en de kombuis. We vonden wapens, munitie, boodschappen en, godzijdank! sigaretten in grote hoeveelheden. We zoeken wat zeezakken en vullen ze met die schatten.

Wat wapens betreft, kies ik alleen een klein en dodelijk machinepistool en munitie ervoor. Van de rest laden we royaal.

De boot raakt weer een zandbank of modder en laat me plat op mijn gezicht vallen. Maar het is onbeweeglijk gebleven, wat handig is voor ons.

We gingen aan dek met twee van die zakken vol aan onze mond.

Kleine Gurkha springt als eerste in de rivier. Het water staat tot aan zijn nek, maar met zijn wapens en een zak op zijn hoofd begint hij zonder problemen te waden. Ik volg hem, even beladen, en we winnen de kust.

Ik denk dat Doris de Japanse patrouille moet hebben horen aankomen en vreselijk lijdt zonder te weten wat er van ons geworden is. We gingen het bos in en liepen snel, langs een pad parallel aan de rivier. We moeten dus noodzakelijkerwijs door de plaats gaan waar we het hebben achtergelaten.

De nacht is zo donker dat we drie stappen verder nauwelijks de stam van een boom kunnen onderscheiden; we botsen met struiken, sommige doornige, en werpen een paar vloeken van tijd tot tijd.

De gurkha stopt abrupt en botst op hem.

"Ik heb geluisterd! Hij vertelt het me fluisterend.

Er gaan geruchten over stemmen, Japans natuurlijk, die links van ons klinken. De patrouille is op zoek naar het schip. Ze lijken niet erg enthousiast. Misschien denken ze dat ze de weg kwijt zijn en de precieze ankerplaats missen.

Met de duisternis die vanavond regeert, is het heel goed mogelijk dat ze de kust zullen volgen en de gestrande boot niet zullen ontdekken.

Hoe dan ook, we lopen de andere kant op en ze kunnen ons bestaan voorlopig niet vermoeden.

We hervatten de mars. We voelen ons niet meer koel, onze kleren zijn bijna droog en van sporten zweet ik enorm.

Het is onmogelijk om de afstand te berekenen die de boot heeft afgelegd totdat deze aan de grond liep. Het zou niet veel moeten zijn, want de Japanse patrouille haalde ons gemakkelijk in, lopend langs de kust.

Ik denk dat we op het punt komen waar we Doris verlieten.

We verkennen het terrein en vinden de exacte plek. De wapens en tassen zijn daar, onder een boom, maar er is geen spoor van Doris.

Voordat ik even kan nadenken, is er een geluid in de buurt, dat me doet huiveren. Ik zie een paar vuurpunten van dichtbij en ik begrijp dat we een tijger voor ons hebben.

De gurkha laat de lading vallen en pakt zijn geweer, klaar om te vuren; zoiets past niet bij ons. Een ontploffing zou de Japanners in deze richting kunnen sturen en we zijn uitgeput. Ik houd hem bij de arm.

"Niet schieten! "Ik waarschuw je." Misschien zal hij vertrekken zonder ons aan te vallen.

Een paar spannende momenten blijven de vurige ogen van het beest op ons gericht. Ik hanteer het Japanse machinepistool. Ondanks alles zullen we moeten schieten als het ons aanvalt.

Maar dat moment komt niet. Een seconde later houden de fosforescerende ogen voor ons op met schijnen en horen we het geritsel van de struiken in contact met het lichaam van de tijger, die van ons weg beweegt.

Wat is er met Doris gebeurd? Ik herinner me de aanwezigheid van de tijger en ik krijg een koude rilling. Misschien is het opgegeten door een van deze beesten, waarvoor een mens niets anders is dan voedsel.

"Doris! Roep ik met een lage stem. Dan roep ik ": Doris!

Boven mijn hoofd hangt een buitengewoon gerucht, dat me overweldigt. Het is zoiets als het geluid van dobbelstenen die in de beker worden geschud.

Een donkere schaduw glijdt over de stam. Ik breng het machinepistool omhoog en laat het net zo snel weer zakken.

Het is Doris! Ik heb haar golvend haar gezien. Ik loop naar hem toe en zie dat hij trilt. Het was het gekraak van hun tanden dat me deed schrikken.

Hij omhelst me en blijft trillen.

"Go Go! Ik glimlach, hoewel ik ook op het punt sta te gillen." We zijn hier en we brengen alles, zelfs sigaretten!

Ze blijft trillen.

'Ik dacht dat ik gek aan het worden was,' fluistert ze. Die junglegeluiden, het gebrul en gehuil van wilde dieren. En de ogen! Lichtpuntjes die op mij waren gefixeerd. Ik moest in de boom klimmen, hoewel ik niet weet hoe ik het voor elkaar kreeg.

Ze is gewoon een meisje. En hij huilt niet eens. Gewoon een beetje bang. Dat is alles. Doris heeft goed hout.

'Dat is voorbij,' stel ik voor. "We gaan zitten en eten wat conserven die voor het keizerlijke leger zijn bereid. Dan nemen we een sigaret en vertrekken hier. Die gele zullen dit allemaal opnemen zodra de zon opkomt.

We openen enkele blikken met behulp van de bajonet. Het komt me voor dat er nog steeds Japans bloed aan het wapen zit, maar dit is oorlog en je moet alles doorstaan.

De corned beef is helemaal niet lekker, maar het is beter dan de rijst die we de laatste tijd hebben gegeten, hoewel minder dan everzwijnenpoten naar mijn mening.

Dan steken we een paar sigaretten op en rusten even uit. Wie zei dat Japanse sigaretten slecht zijn? Een niet-tabaksroker kan er een paar krijgen en later vragen. Ze lijken me in ieder geval heerlijk.

Ik kijk naar de lichtgevende wijzerplaat van mijn horloge. Het is half een. Je moet op weg.

We moeten een paar mijl tussen deze plaats en ons plaatsen.

'We gaan de jungle in,' zeg ik tegen Little Gurkha. Omdat de rivier een Noord-Zuid koers volgt, kunnen we u later gemakkelijk terugvinden.

"Ja meneer" Kleine Gurkha heeft zelden iets anders te zeggen dan "Ja meneer."

Geladen als we gaan, wordt het moeilijk; Maar ik zou de inhoud van deze zakken niet achterlaten voor al het goud in de wereld.

Doris loopt, nadat de emoties geleden hebben, zwaar. Ik sla een arm om haar middel en probeer haar te helpen. We verwijderden ons van de rivier door de zijkant van een van deze Birmese bergen te beklimmen. Het hele land, van wat ik zie, is vol met bergen, die formidabele ketens vormen die van noord naar zuid lopen, wat de richting van de rivieren verklaart.

We lopen verder tot we bij de tegenoverliggende helling komen. Dan heb ik het gevoel dat mijn benen in rubber zijn veranderd. Ze buigen elk moment onder mijn gewicht. Doris is bijna uitgeput; het zou op de grond vallen als ik het niet vast zou houden.

We kwamen aan op een plek bezaaid met rotsen. Tussen hen in stuiten we op een stroom water, waarvan het oppervlak afgrijselijk glinstert in het schaarse sterrenlicht dat door de daar dunnere bomen filtert.

Ik besluit dat het tijd is om te kamperen.

'Laten we hier blijven,' stel ik voor.

Ik leg Doris op de grond en ze blijft stil. Ik til haar een beetje op en probeer de stenen onder haar weg te halen zodat ze kan rusten. Dan zetten we de last neer en, doodmoe als we zijn, liggen we te slapen als boomstammen, zonder zelfs maar te denken aan het opzetten van een bewaker, zoals voorzichtigheid zou adviseren.

* * *

De zon staat al heel hoog als ik wakker word. Er zijn papegaaien, of kaketoes, met schitterend verenkleed, die ons vanaf de takken bespioneren. Een familie apen krijst en speelt rond, proberen ons beter te bekijken, maar durven niet te dichtbij te komen.

Doris slaapt nog. Niet zo de gurkha. Hij zit op een hoge rots en kijkt toe. Hij is een geboren soldaat. Ik weet zeker dat hij veel minder tijd sliep dan ik, in beslag genomen door de kwestie van toezicht.

Ik gaap luid. Doris opent haar ogen. We zijn bedekt met stof en vuil, met bekraste benen en armen en gescheurde kleren; wat wordt gezegd een echte ramp.

"Maar we leven nog en we hebben veel dingen die we nodig hadden" zeg ik tegen Doris, ook al heeft ze het niet gevraagd. Hoe gaat het met je vanmorgen?

Ze lacht.

Beter, denk ik. Gisteren gedroeg ik me als een dwaas, maar nu gaat het goed.

'Je was geweldig gisteren,' spreek ik tegen. Zoals iedere dag. Kijk eens naar de badkamer die we hebben ontdekt.

Er is hier een fontein, tussen de rotsen. Een paar meter onder het water verzamelt zich in een holte en vormt een natuurlijke badkuip van schone en kristalheldere transparantie.

"Het zal heel leuk zijn om een bad te nemen" glimlacht Doris ", maar we missen zoveel dingen ...

"Een ogenblik! "Ik waarschuw. We hebben de excursie van gisteravond helemaal niet gedaan. Ik ga de hoorn des overvloeds legen en wed dat ze geschokt zal zijn. Zie.

Ik maak de zak leeg die ik zo moeizaam heb gedragen. Er zitten munitie en voorraden in; maar ik heb nog wat dingen geladen, terug in de Japanse boot.

"Ik leg dingen voor me neer, op de rots, en som ze trots op:

"De officier die het bevel voerde over de boot was een 'dandy'. Hij had een fles eau de cologne, bijna vol. Tandenborstels zijn niet eens nieuw, zitten nog in hun etui. Aftershave-crème, waarvan ik hoop dat het je zal bevallen. Nagelvijl en schaar. Scheerapparaat met reservemesjes, hoewel ik dat niet doe weet wat ik ermee zou doen; Japanners hebben meestal geen baarden. Het kan de uitzondering zijn geweest die de regel bevestigt. Een spiegel; met een zilveren lijst, die ik u ter beschikking stel. Een rode zijden kimono die klein zal zijn, maar die u zonder enig ongemak kunt dragen. Een ring met diamanten, die ik om mijn pink ga doen als souvenir, en een andere met een parel die nu uw eigendom wordt. Ik neem aan dat hij de ringen zou verwisselen van van tijd tot tijd, aangezien deze in zijn hut waren.We hadden hem moeten onderzoeken voordat we hem in het water gooiden.

Door die observatie verliest Doris haar glimlach.

"Het was erg moeilijk?" vraag.

"Ik denk het niet" glimlach ik. " We leven, terwijl die dwergen op dit uur krokodillen aan het grazen zijn. Ze hadden een veel slechtere tijd; kijk hier eens: twee kammen. Daarnaast dit gouden sigarettendoosje dat voor Little Gurkha zal zijn. "Ik gooi het naar hem en hij vangt het in de lucht", en een aansteker, ook van goud, die eveneens deel uitmaakt van de oorlogsbuit van onze dappere metgezel. Tandpasta en een glazen oog! Ik had het in een glas water. Hij was een - eyed, het arme ding, daarom stuurde hij een boot op de rivier in plaats van met de keizerlijke marine in een slagschip te zijn. Dit oog zal dienen als mijn amulet en ik zal het in mijn zak dragen zolang ik leef. Wat doe ik denk je, Doris, ik denk dat het het waard was.

Nu komt het beste. Ik heb het expres voor het laatst bewaard. Een kartonnen doos met daarin drie mooie stukjes toiletzeep.

Doris verliest haar ernst weer. Hij lacht vrolijk en pakt een van de pillen uit, ruikt eraan en schudt zijn hoofd.

"Het wordt het meest aangename bad van mijn leven", zegt hij.

"Jij zult deze schatten in je tas houden" beveel ik, half gekscherend, half serieus. Als je ze verliest, arresteer ik je.

Doris doorzoekt onze tassen en haalt er een paar kledingstukken uit die we gelukkig uit het vliegtuig hebben gehaald. Legershorts en -shirts, maar die zijn onder deze omstandigheden van onschatbare waarde.

"Blijf een half uur uit het zicht", zegt hij glimlachend.

"Nou", denk ik, "ik zal de gurkha naar een nieuwe uitkijkpost sturen en ik zal aan haar zijde blijven om haar te beschermen, indien nodig.

"Nee.

"Er zijn beesten" observeer ik ", en Japanners. Ik zal je vertellen wat we gaan doen. We zullen allebei tegelijkertijd baden, zodat we elkaars rug kunnen wrijven en we zullen zo schoon zijn als een diamant .

'Jij vertrekt met de gurkha en komt hier niet terug voordat ik klaar ben met baden,' schreeuwt hij me met komische woede toe. Ik wed dat de tijgers en de Japanners minder gevaarlijk zijn.

Ik kijk Doris nadenkend aan. Ze is, ondanks haar gescheurde kleren, heel aantrekkelijk.

"Ik denk dat hij gelijk heeft". We zullen echter niet ver zijn. Als u klaar bent, kondigt u het aan met een stem.

De gurkha en ik drijven weg tot de rotsen achter zijn en een scherm vormen tussen ons en de geïmproviseerde badkuip. Ik steek een sigaret op en ga op de grond zitten, met mijn rug tegen een boomstam geleund.

VI

"Kapitein! De stem van de kleine Gurkha heeft een vreemd timbre, mij onbekend.

Ik sta snel op en ren erheen, ondertussen het machinepistool klaarmakend. Er is een kleine open plek, met rotsachtige grond, waarschijnlijk versteende lava, die langs de helling de diepe vallei in loopt.

De gurkha is daar, roerloos als een standbeeld. Er lijkt geen gevaar te zijn; Dus wat zie je?

Ik ga door tot ik hem bereik en hem zie.

lijken

Bebaarde Sikhs, veertien van hen, en drie Britse officieren, dood. Dood geschoten.

Minus één van de Britse officieren. Deze, die iets verder ligt, is slechts een stam zonder hoofd, waaronder een enorme plas opgedroogd bloed ligt.

Het hoofd is ongeveer zeven of acht stappen verwijderd van het lijk.

Ik bestudeer het lijk terwijl ik tandenknarsend kijk. Voorzien van een kogelgat in de schouder.

Het verhaal is makkelijk in elkaar te zetten. De gurkha heeft het er ook over:

"Een guerrilla; net als wij, de rest van een door de Japanners verslagen eenheid "pauzeert en steekt een sigaret op". Verslagen, maar niet verslagen. Ze kampeerden aan het water. Een Japanse patrouille ontdekte hen en wachtte in een hinderlaag tot ze zouden vertrekken en vormde een groep. Ze schoten op hen van achter de bomen; allen vielen dood, behalve de jonge officier, die gewond was. Ze hakten zijn hoofd eraf. Ik heb gezien hoe ze het doen, meneer. Een Japanse man grijpt de veroordeelde man, laat hem knielen en trekt aan zijn armen, duwend met zijn knie op de rug van de gevangene. Dan hakt een officier zijn hoofd af met zijn zwaard. Vreemde mensen, meneer. Een leger waar de officieren het werk doen van beulen.

Vreemde mensen eigenlijk. Ik ben niet van plan de Japanners te veroordelen of zelfs maar te vervolgen; Ik wil ze gewoon begrijpen. Maar dit ligt momenteel buiten mijn macht.

Ik denk dat mijn vreugde vandaag volledig is verdwenen. Ik geloof ook dat het te wijten was aan het feit dat ik even vergat dat dit oorlog is, de meest wrede en dodelijke oorlog in de geschiedenis van de mensheid; een oorlog van rassen en principes als nooit tevoren.

Die zeven stappen van de romp van de Britse officier naar zijn hoofd spreken daar welsprekend over. Ze hebben hem onthoofd. Toen schopte iemand tegen de bloedige trofee en voegde de laatste noot toe van wat? Wreedheid? Onverschilligheid?

'We moeten ze begraven,' zeg ik tegen de gurkha.

Hij knikt met zijn hoofd en legt zijn geweer op de grond.

Het zou ons uren kosten om voor zoveel mensen een graf te graven. Maar in het rotsachtige bed is er een spleet die ons kan helpen. We zullen de lijken daar deponeren en bedekken met stenen om te voorkomen dat beesten de overblijfselen opgraven.

Het is merkwaardig dat dit nog niet is gebeurd. Het idee komt bij me op dat het bloedbad recent is, misschien is het gistermiddag gebeurd. Het is heel goed mogelijk dat de legers van het bloedbad de componenten zijn van de patrouille die van het schip is ontscheept. Als dat zo is, zijn ze gedeeltelijk gewroken.

We beginnen met de taak. Daarbij greep ik een van de messen van deze dappere Sikhs. Ze zijn niet dezelfde als die van de Gurkha's; ze hebben slechts een enkele curve in plaats van dubbel te zijn. Maar ze lijken net zo dodelijk en ik geef er de voorkeur aan om de Japanse bajonet te blijven dragen.

De taak om de lijken in de holte van de rots te plaatsen is zwaar, maar het met stenen bedekken is veel erger. We werken echter hard en tegen de tijd dat Doris ons belt, is het afgelopen. Ik heb de dogtags van deze soldaten verzameld om te overhandigen als ik terugkeer naar India. Ik schrijf een briefje op een stuk papier, met de nummers van de borden, ik stop het in een van de kantines die de Sikhs droegen en ik deponeer ze in het graf en bedek het ook met stenen. Familieleden zullen deze lichamen op een dag misschien willen ophalen.

Als we terugkeren naar Doris, is ze klaar met haar bad. Hij heeft een nieuw uniform aan en kamt zijn haar.

'Hoe is het met het water?' vraag ik, in een poging optimistisch te blijven klinken.

Ik moet niet de juiste uitdrukking hebben gekregen, want Doris staart me aan en beantwoordt me op haar beurt met een andere vraag:

"Wat gebeurt er?

"Niets speciaals. We hebben de lichamen van Britse soldaten gevonden en begraven.

Hij schudt verdrietig zijn hoofd.

"Dat zal ons einde zijn," zegt hij nadenkend. Sterf ergens in dit wilde land.

'Die gele apen snappen het niet,' kaatste ik heftig terug. Ik zal mijn hersenen zo klein maken als een kikkererwt, maar ik zal de oplossing voor onze problemen vinden en ze allemaal naar India brengen, ook al kost het me jaren om dat te doen. Het is een belofte. We hebben pech gehad door de andere teamgenoten te verliezen, maar wij drieën moeten leven om de algemene nederlaag van de Mikado en zijn "apen" te zien.

Opeens begint Doris te lachen. Ik weet niet of ik mezelf ongemakkelijk moet maken of ook moet lachen, maar ik hoor de gurkha een beetje lachen.

"Heb ik iets grappigs gezegd? Vroeg hij fel.

Een goede grap "legt Doris", Mikado en apen uit! Het past perfect.

Het was een onvrijwillige woordspeling, maar ik vind het nu ook grappig.

"Ok, we gaan zelf in bad." Ik heb mijn goede humeur weer gedeeltelijk terug. Verlaat de plaats en pas op dat u niet in deze richting kijkt. Het kan gevaarlijk zijn voor mij.

'Is het zo onweerstaanbaar, kapitein? Doris glimlacht.

"Jullie zullen oordelen" antwoord ik lichtjes. In mijn buurt noemden ze me Frankie "the well done".

Doris gaat achter de rotsen, hartelijk lachend. Het is een prachtig teken. Zolang we kunnen lachen, zelfs maar de helft, zullen we de helft van de strijd gewonnen hebben.

Ik kleed me uit om in het zwembad te duiken; hoeveel haast ik ook heb, ik kan het niet voor de gurkha doen. Hij ligt al in het water als ik binnenkom, puffend en fladderend als een kind.

Het lijkt me belachelijk; dan bedenk ik dat ik hetzelfde doe, even later, en lach ik weer. We zitten in de problemen, in het ergste van ons leven; maar er zijn momenten waar je volop van kunt genieten. Naar de hel met de rest!

Ik geef mezelf een flinke dosis zeep en als ik uit het water kom, wrijf ik met het grootste enthousiasme over mijn lichaam. Het schuim, aanvankelijk wit als sneeuw, krijgt een groezelige chocoladekleur. Je moet weer nat worden, jezelf een nieuwe hand zeep geven en de handeling herhalen totdat het schuim zijn zuiverheid niet verliest.

Dan is het tijd om de nagels te verzorgen. Met de schaar knip ik alle die ik heb uit, ook die voor de voeten. De gurkha volgt dezelfde richtlijnen als ik, behalve scheren, aangezien hij tot een van die gelukkige rassen behoort die geen haar op hun gezicht hebben.

'Zou je mijn haar een beetje durven knippen, vriend? Ik vraag hem.

Hij kijkt me heel serieus aan.

'Ik durf, meneer,' zegt hij. En ik zal je er niets voor in rekening brengen.

Ik probeer te raden of hij een grapje maakt, maar zijn gezicht, zoals gewoonlijk, is verstoken van enige uitdrukking.

Pak de schaar en maak mijn haar lichter met een paar kleine knipjes. Ik weet niet hoe de operatie verloopt; maar Doris, die is teruggekeerd naar de fontein, lijkt te glimlachen.

"Geef me de spiegel, alsjeblieft", vraag ik.

Hij geeft het aan mij en ik moet toegeven dat de gurkha niet kon leven in een chique kapperszaak. Maar het heeft me bevrijd van vervelende lokken en bovendien heeft het het werk gratis gedaan.

Ik kan, en ben van plan, wraak te nemen.

"Nu word ik kapper" denk ik.

'Ik knip mijn haar niet, meneer,' antwoordde hij heel serieus.

Misschien zijn de Gurkha's een van die rassen waarvan de religie niet toestaat dat iemand hun hoofd aanraakt of iets dergelijks. Ik besluit de dingen te laten zoals ze zijn en trek mijn laarzen aan. In een schoon uniform, pas gebaad en geschoren, en zelfs ruikend naar geparfumeerde zeep, voel ik me als nieuw.

Nu zou een goed feest goed zijn. Zoiets als kreeft met mayonaise, oesters met champagne en misschien kaviaar.

Het zal echter iets anders moeten zijn, Ingeblikt vlees, Japans; ook gekruid met een goede eetlust, en helder water uit de bron.

"Het is moeilijk te geloven dat we ons in een door de vijand bezet land bevinden", merkt Doris op. Onder een stralende zon, met dit landschap om je heen, voel je je bijna in vrede met de wereld.

Het is mogelijk dat alles er zo uitziet. Maar nog geen uur geleden hebben we een groep lijken begraven. Word niet voor de gek gehouden. Dit is een felle oorlog en we zitten erin.

"Er is veel rust in de omgeving" glimlach ik.

Ik hoop dat het zo blijft.

* * *

Als we midden in de middag de fontein verlaten, kan ik het niet helpen om mijn hoofd om te draaien en de plaats te overdenken. Het is een fijne tijd geweest die we hier hebben doorgebracht. Het beste sinds dit allemaal begon. Niet alle herinneringen die we aan ons avontuur zullen onthouden, zullen slecht zijn.

We gingen de helling op tegenover de vallei waar de Chindwin loopt. We volgen de sporen die door wilde dieren zijn geopend, op middelhoge hoogte. Het is zeker dat de boot die we gisteravond hebben aangevallen niet de enige in de rivier zal zijn.

Ik denk dat we aan deze kant veiliger zullen zijn. We zullen niet erg snel marcheren, maar we bestrijken meer terrein dan ik aanvankelijk had ingeschat.

Eigenlijk lijkt het erop dat we vandaag in een andere wereld zijn dan die van vroeger. Er hangt, zwevend in de lucht, een sfeer van rust, zoals Doris al heeft opgemerkt.

Dit is misleidend. Het kan zelfs gevaarlijk zijn. Wekenlang in de Birmese jungle leven, op eigen kracht gedood, zou meer dan zwaar zijn. Gezien de omstandigheden dat het land voor het grootste deel door de Japanners wordt bezet, is het veel erger.

De gurkha loopt altijd een stukje vooruit, aandachtig naar onze omgeving, af en toe stoppend om te luisteren of in een bepaalde richting te kijken. Hij is een geweldige gids en een topvechter. Hij praat nooit over hitte, vermoeidheid of iets dergelijks. Hij is op elk moment bereid om zijn plicht te doen.

Ik probeer hem zo goed mogelijk te imiteren. Er is leven achter de wirwar van bomen die ons omringt. Er worden echter niet veel dieren gezien. Ze vermijden onze ontmoeting met gemak, omdat de natuur hen veel beter begiftigd heeft dan de mens. Ze ruiken en horen ons op grote afstand en trekken zich terug.

Daarom verbaast het me dat een stam apen op ons afstormt, schreeuwend als gekken, ons dan ontdekt en van de helling naar beneden springt, van tak tot tak, als harige en kleine Tarzanes.

Ze zijn bang voor ons geweest, maar iemand heeft ze eerder bang gemaakt. De zon raakt bijna de top van de bergen die we links van ons hebben, waarvan de toppen uitsteken boven deze waar we doorheen lopen.

De gurkha maakt een handteken, een stopteken. We stoppen terwijl hij de jungle in kruipt. Na een paar stappen zien we hem niet meer. Wij wachten in stilte.

Na een paar minuten komt hij terug, net zo voorzichtig als hij wegging.

"Japans", zegt hij.

Eén woord, maar wel een die ons terugbrengt naar de realiteit.

"Hoeveel?" vraag ik.

'Acht, met een officier, ze zijn dichtbij en komen recht op deze plek af.

We zitten niet op een goede plek. De top van deze berg is kaal en er zijn ook open plekken beneden. Het is een van die plaatsen in de Birmese jungle waar grote massa's lava de groei van de weelderige vegetatie verhinderen, waardoor de ruimte vrij blijft.

Proberen om terug te keren, zich te verstoppen aan de zijkant van de boomgrens, of proberen stilletjes paden te kruisen met de Japanse colonne zou wanhopig zijn. Ze zouden ons kunnen ontdekken en we zijn slechts twee mannen en een vrouw tegen negen geharde Japanse soldaten, meesters in het vechten in de jungle.

Ik kijk naar de rotsformaties aan de rechterkant. Dat is als een natuurlijk kasteel. Het kan ons helpen om ons goed te verbergen en te verdedigen, als de zaak komt, zelfs als de vooruitzichten slecht zijn als we moeten vechten.

De beslissing is aan mij; ons leven hangt ervan af en dit veroorzaakt een licht ongemak in mijn maag. Het ergste van alles is dat ik maar een paar minuten heb om deze beslissing te nemen.

Ik besef dat besluiteloosheid het meest rampzalig zal zijn. Ik wijs naar de rotsachtige groep.

'We zullen ons daar verstoppen,' zeg ik.

De gurkha knikt met zijn hoofd. Doris zelfs dat niet.

We liepen snel en klommen richting de bergkam. De formatie is ongeveer zes meter hoog en zoals we zien als we de top bereiken, is er genoeg ruimte om ons comfortabel te verstoppen.

Het probleem is dat de Japanners dat registreren. Als ze voorbij komen, komt alles goed. Ik hoop dat ze dat doen. De zonsondergang is echter heel dichtbij. Het is een goede plek om voor ons te kamperen, helder, in de vorm van een halve maan. Als ze hier niet stoppen, zal de nacht over hen vallen, midden in de jungle.

Dit had ik eerder moeten denken, verwijt ik mezelf. Als ik dan stiekem over de rotsachtige groep gluur, zie ik de overblijfselen van een vreugdevuur, half verbruikte stokken en een zwarte cirkel op de grond.

Iemand heeft dit af en toe als kamp gebruikt. Misschien dezelfde soldaten die nu komen, in welk geval we erop kunnen rekenen dat ze blijven overnachten. De gedachte maakt me niet erg gelukkig.

Ik richt mijn aandacht op de jungle; Ik kijk naar de plaats waar de Japanners zouden moeten verschijnen, volgens de informatie van de gurkha.

Nog een paar minuten en ze verschijnen inderdaad.

Ze moeten een rustige patrouille hebben gehad, want ze praatten geanimeerd en liepen langzaam achter hun officier aan.

Mijn vrees wordt bevestigd. De officier, kleiner en magerder dan al zijn mannen, blaft bevelen met een schrille stem, zijn bril glimmend als ze de laatste stralen van de ondergaande zon weerkaatsen.

Twee mannen rennen naar de dichtstbijzijnde bomen en stapelen brandhout op, takken hakkend met hun machetes. Hiermee en een paar armen vol zwerfvuil hebben ze genoeg om de nacht door te brengen.

De officier blaft steeds meer bevelen. Automatisch voeren de soldaten een andere taak uit die me intrigeert. Ze begonnen met het graven van een kleine greppel van ongeveer tien of twaalf inch breed op dezelfde diepte. Dan graven ze op een afstand een andere op, maar veel langer.

Ze dragen kleine schoppen in hun rugzakken, zoals in elk leger, maar het gebruik ervan moet worden gewijd aan het verkrijgen van loopgraven en schutterskuilen.

Aan de andere kant zouden die kleine greppels niet als schuilplaats of kat dienen, en zeker niet als mens. Ik denk erover na hoe ideaal het zou zijn als die jongens hun wapens zouden neerleggen en zich in een groep voor ons zouden verzamelen.

Een paar granaten en machinepistolen zouden ze in een oogwenk verklaren, waardoor ik me rustiger en veiliger zou voelen. Deze soldaten vechten al jaren in China, Mantsjoerije en elders. Zelfs als ze ons niet ontdekken, kunnen ze onze sporen vinden in het kamp van de bron en de achtervolging inzetten.

Ja, de gedachte om de Japanse patrouille uit te schakelen is vanuit mijn oogpunt aangenaam. Als zich een goede kans voordeed...

Wat is dit? Ze leggen hun wapens neer!

Ik begin duidelijk te zien. De Japanners zijn, net als alle levende wezens in de schepping, onderworpen aan bepaalde fysieke behoeften. Maar in het zeer gedisciplineerde Japanse leger is zelfs dit gepland. Nu begrijp ik wat die hele kleine loopgraven betekenen.

Ze zijn de hele dag op patrouille door de jungle; dit is het moment waarop ze de lichamelijke behoeften zullen evacueren die ik zojuist noemde, maar ze zullen het doen als schone en gedisciplineerde mensen, in de sloten, die ze later met aarde zullen vullen.

In enkele ogenblikken hebben ze hun gordels laten zakken, ze lieten hun broek op hun knieën zakken en ze hurkten op de greppels, met hun rug naar ons toe; de officier op de kleinste en zijn mannen, perfect in lijn, op de grootste.

Ik wissel een blik met de gurkha en zie dat zijn ogen stralen. Een betere tijd dan dit zal nooit gebeuren.

Snel houd ik vier granaten vast en haal een touw door de ringen. De tijd om onze groeten te sturen zal komen wanneer de taak van het evacueren van de darmen is begonnen; dus, met mijn vinger in de ring van een van de bommen, wacht ik.

Als ik zie dat de operatie is begonnen, trek ik aan de vergrendeling en steek mijn hand uit. Ik tel drie seconden; dan laat ik de vier bommen vallen. De lijn van Japanners is zo dichtbij dat ik meer had kunnen trekken, zonder tekort te schieten, maar ik wil mijn geluk niet forceren.

We laten ons hoofd zakken om ons te beschermen achter onze natuurlijke borstwering en de enorme explosiegeluiden.

De gurkha en ik gluren weer naar buiten. Er liggen enkele figuren; de anderen rennen naar de plek waar ze hun wapens hebben achtergelaten. Maar proberen te rennen terwijl ze tegelijkertijd hun broek moeten optrekken en ingedrukt moeten houden zodat ze er niet weer af vallen, is bovenmenselijk.

De gurkha, met zijn geweer, en ik met het machinepistool, we schoten ze net zo gemakkelijk neer alsof we in een schiettent waren. Als er geen één meer overeind blijft, wisselen we een glimlach uit. Dit is iets dat we nooit zouden moeten vertellen omdat het ongelooflijk is, maar het zal ons de rest van ons leven met voldoening vervullen.

Alleen Doris blijft op de bodem van de holte liggen, met haar hoofd op haar knieën en haar handen gekruist over haar nek.

De gurkha en ik sprongen uit mijn schuilplaats en renden naar de overblijfselen van de Japanse patrouille. De ligging van de lijken is niet echt gracieus. De meeste hebben een knielange broek; Ik denk dat dit de bittere herinnering goedmaakt die in mijn hoofd is achtergelaten door de groep Sikhs en Britten die we vanmorgen hebben begraven, vooral die met de onthoofde officier die even dom als wreed was.

'Deze man leeft! De gurkha schreeuwt tegen me.

Ik zie hem over de Japanse officier leunen en tegelijkertijd zijn angstaanjagende, verwrongen stalen mes trekken.

"Wacht! "Ik bestel.

Ik benader hem ook en controleer of hij gelijk heeft. Een van die toevalligheden die in de romans zo vaak voorkomen, is zojuist de

Japanners overkomen. Hij is uitgeschakeld door een kogel die zijn schedel schampte en een hersenschudding veroorzaakte, maar hij is ongedeerd.

De gurkha kijkt me vragend aan. Het is een welsprekende blik; gaat hij verder met het mes in zijn hand, klaar om de Japanners af te slachten zodra ik mijn vinger beweeg.

"Breng een paar riemen" en ik wijs naar de lijken "; We zullen zijn handen op zijn rug binden en hem gevangen nemen.

De gurkha lijkt niet te hebben begrepen wat ik zeg. De Japanner beweegt en gromt iets. We zijn gewoon twee mannen met een vaag idee van waar we heen willen en het pad dat we moeten volgen om dat te bereiken. Hoe gaan we een gevangene vervoeren?

Ik begrijp dit allemaal, maar ik kan het niet opbrengen om deze man met het citroengezicht koeltjes te doden die ons de moeite heeft bezorgd om ons hoofd niet in een betere positie te brengen zodat de kogel door zijn gele brein zou gaan.

"Doe wat ik zeg sergeant" blaf ik beslist.

De gurkha, die zijn hoofd heen en weer schudt, gehoorzaamt. Het wordt geleverd met twee leren riemen en tussen ons tweeën binden we de polsen van de officier op zijn rug, trekken we zijn broek op, doen zijn riem vast en laten alles achter zodat hij kan lopen.

Een kantine van dezelfde uitgestorven Japanner helpt ons hem nieuw leven in te blazen. Ik giet het water over zijn hoofd. Omdat hij nu op zijn rug ligt, hoest hij heftig. Ik denk dat dat deel van het water in zijn neus is gekomen, wat voor mij hetzelfde is, aan de andere kant.

Herstel uw vermogens volledig en open uw ogen. Ik realiseer me hoe alert hij is als hij de blik van haat ziet die hij me stuurt. Als je zelfmoord had kunnen plegen met je ogen, zou ik op dit moment als een lijk op de grond zijn gevallen.

Hoe dan ook, ik heb er alle vertrouwen in dat deze man ongevaarlijk is omdat hij licht gewond is en zijn handen op zijn rug gebonden heeft.

Hij bewijst me het tegendeel in de komende seconden. Hij strekt zijn benen en maakt van mij een soort slot dat me netjes neerslaat. Dan, voordat ik van verbazing ben, grijpt hij me bij de nek, dreigt me te stikken, en houdt zijn handen vast! Alleen met de benen.

Ik hoor een geluid als een basdrum. De druk op mijn nek neemt af. Weer zo'n holle klank en ik voel me vrij. De Japanner kronkelt op de grond als ik opsta en controleer waar de geluiden vandaan komen die mij hebben gered.

De gurkha geeft hem veel rugschoppen waardoor mijn haar overeind gaat staan. Ik wrijf over mijn pijnlijke nek en roep:

'Oké nu, sergeant!

Laat de straf vallen, maar trek aan zijn mes.

'Heb ik hem nu vermoord, ja? "vraag.

Het zou het meest logische zijn om te doen, maar ik schud negatief mijn hoofd.

"Ik vertel het hem niet". Bind haar enkels vast.

Ik zie dat Doris ook naar beneden is gekomen van ons rotskasteel; het komt echter niet in de buurt. Dit oorlogsgedoe is angstaanjagend en ik begrijp dat het iedereen walgt.

Er zijn echter dingen te doen. Mijn grootste zorg is om het leven zo lang mogelijk te behouden, dus de rest is secundair. Ik ben toegewijd aan het doorzoeken van de rugzakken van de soldaten.

Er zijn sigaretten en blikjes conserven. Ik verzamel ook handgranaten en alles waarvan ik denk dat we het kunnen vervoeren en nuttig voor ons kunnen zijn.

Als we dan met alles klaar zijn, zeg ik tegen de gurkha dat hij de voeten van de gevangene moet losmaken, hem een prop moet geven en me een goed touw moet geven.

Daar zitten natuurlijk geen touwtjes aan. Maar gewetensvol heeft hij de riemen van de gevallenen verzameld en daarmee bedienen we ons naar mijn zin. Ik heb bedacht om aan elke arm een riem te binden en we zullen hem in het midden nemen, zodat we hem, terwijl we de riemen vasthouden, op gelijke afstand van de ene naar de andere hebben, zodat hij geen van zijn circustrucs kan gebruiken.

We vertrekken als de nacht helemaal gesloten is, maar je moet weg uit die buurten.

Altijd richting het noorden, gaan we de jungle in. We doen een nieuwe mars van twee en een half uur.

Als het dan geen tijd meer is om een goede plek te zoeken om te kamperen, gaan we onder een grote boom liggen. We binden de Japanners goed vast en binden de riemen die de armen aan onze polsen vasthouden. Als je 's nachts iets beweegt, merken we dat meteen.

We zijn zo moe dat we er niet eens aan denken om te gaan eten. Morgen is een andere dag.

Nu moet je slapen.

VII

Ik word wakker met een schok. Mijn eerste impuls is ervoor te zorgen dat de gevangene nog bij ons is.

Met het daaropvolgende alarm verifieer ik dat ik alleen onder de boom ben, dat de Japanner niet aan het andere uiteinde van de riem is vastgemaakt, zoals het zou moeten zijn.

Maar een blik om me heen stelt me gerust. Ik zie de gurkha, met zijn gebruikelijke felle grijns, geweer in de hand; voor hem zit onze gevangene op de grond.

Doris is iets verder haar mooie haar aan het kammen, nu ze de nodige spullen heeft.

Het is erg vroeg, amper half zeven, volgens mijn horloge. Zoals gewoonlijk heb ik meer en beter geslapen dan alle anderen. Ik veronderstel dat dit legitieme bevelvoorrechten zijn.

"Goedemorgen allemaal" glimlachte hij. Ik zie dat ze nog steeds even vroeg opstaan als altijd. Ik ga me even wassen. Dan eten we wat en gaan we aan de slag. Hoe hebben de Japanners zich gedragen?

Kleine Gurkha blijft roerloos.

"Ik was rusteloos, meneer", antwoordt hij. Maar hij kalmeert veel als er een pistool op hem wordt gericht.

Het toilet waar ik eerder op zinspeelde, bestaat uit het gieten van een beetje water uit de kantine in de holte van je hand en daarmee in je ogen wrijven. Er is hier geen stromend water.

Het heeft als voordeel dat er weinig tijd wordt gebruikt. Als ik klaar ben, maakt Doris wat blikken open. Ik laat de handen van onze gevangene los en geef hem er een.

We eten met een goede eetlust. Zelfs de Japanners lijken honger te hebben, wat begrijpelijk is gezien het feit dat we de avond ervoor niet hebben gegeten.

Het is dan, wanneer we de mars hervatten, met de gevangene weer goed vastgebonden en gekneveld, dat ik me duidelijk realiseer welke belemmering het met zich meebrengt hem mee te nemen.

Hem vermoorden is uitgesloten. Ik weet heel goed dat elke groep commando's het al zou hebben verzonden, maar ik ben geen commando; gewoon een Amerikaanse rijder die tegen mijn wil honderd mijl rijdt.

Wat betreft het vrijlaten van hem, het zou hetzelfde zijn als zelfmoord plegen. De Japanners moeten weten waar ze hun landgenoten moeten zoeken. Dus hij zou een jacht organiseren die ons snel zou afmaken.

Het is onmenselijk, monsterlijk, maar ik blijf er maar aan denken hoe handig het voor ons zou zijn geweest als deze man was gestorven toen we zijn patrouille aanvielen. Een centimeter lager en de kogel die hem losmaakte zou zijn hersens hebben doorboord.

Ik krijg al deze gedachten omdat ik tot mijn verbazing besef dat wij blanken ook geen zuivere tarwe zijn, althans niet helemaal.

Het bos is nu zo dik dat we niet kunnen lopen, behalve door voortdurend omwegen te maken, waarbij we esen tussen boom en boom beschrijven, zodat elke mijl van de weg naar het noorden ons echt twee of drie heeft gekost.

Om de een of andere vreemde reden herinner ik me een van mijn jeugdlezingen: Kipling's "The Jungle Book". De flora en fauna lijken zeker erg op die van India.

"Pas op! "De kreet van de gurkha brengt me terug naar de realiteit.

Ik hanteer het machinepistool, maar het gevaar dat het ons aankondigt, kan niet worden omgezet in kogels, als het zou worden losgelaten. Het gaat om wespennesten die in een struikgewas staan, naast het pad dat we volgen. Ze zijn rond en langwerpig, zoals rugbyballen.

Ik heb een vreemd idee. Misschien kunnen deze gevaarlijke insecten ons van pas komen.

'Kom hier, sergeant,' beval hij de gurkha.

Hij komt me tegemoet en ik wijs de wespennesten aan.

"We hebben macuto's voorzien van ritssluiting" merk ik op. Als we het netjes doen, kunnen we die wespennesten in twee ervan plaatsen en snel sluiten, de zwermen meenemend.

Het gezicht van de gurkha is nogal een gedicht. Ik twijfel er niet aan dat hij me leuk vindt, maar ik weet ook dat hij me een beetje gek vindt. Maar zoals gewoonlijk is hij het ermee eens:

"Ja meneer.

We geven Doris de leiding over de gevangene en gaan aan het werk. Ik plaats de zak onder een van de wespennesten. De gurkha grijpt hem en duwt hem razendsnel naar binnen. Dan sluit ik met een scherpe ruk de rits.

"Uitstekend! "Ik becommentarieer." Niet één ontsnapte.

We gaan verder met het behandelen van de tweede met dezelfde behendigheid, maar met minder geluk. Drie of vier wespen springen uit de zak voordat deze wordt gesloten en gaan naar believen porren totdat we ze doodslaan.

De gurkha heeft geluk gehad. Bijna alle pikken werden op de benen gedragen. Ze hebben mij de hunne in benen en armen gegeven; maar een van hen, de verdoemde, koos mijn neus als doelwit. Bij aanraking voel ik dat het een alarmerende omvang aanneemt.

Ik moet een afschuwelijk gezicht hebben. Doris lacht en zelfs de gevangene kijkt verbaasd. Misschien moet ik Doris om de spiegel vragen om de uitverkorene persoonlijk te controleren, maar ik besluit het niet te doen. Het is beter om het te laten. Dit is tenslotte tijdelijk.

We hervatten onze mars en wat ik vreesde doet zich voor. De gurkha is te gedisciplineerd om de vraag te stellen, maar Doris vraagt:

'Waarvoor wilt u die wespen hebben, kapitein?

Ik raak mijn neus aan. Het is nog meer gezwollen dan de laatste keer dat ik het herkende.

"Het is moeilijk uit te leggen" antwoord ik. Ik heb alleen gedacht dat ze af en toe nuttig voor ons kunnen zijn. Daarom heb ik ze gevangen.

"Dat wil zeggen, je hebt geen idee waarvoor je ze gaat gebruiken.

"Zoiets.

Doris haalt expressief haar schouders op. Ik probeer me voor te stellen wat ik zou hebben gedacht als ik iemand anders de manoeuvre had zien uitvoeren; Dan gooi ik de gedachte weg omdat ik het niet leuk vind.

Ik merk dan dat het pad dat we volgen me niet de zon doet zien die van rechts naar links loopt, waardoor we vermoeden dat we niet precies de noordelijke route volgen. Je moet je weer oriënteren.

Ontsnappen aan de Chindwin zou een ramp zijn. Hij is onze ware gids.

Ik bestel hoog en klim in een boom. Vanuit het glas aanschouw ik het landschap; de bergen buigen iets naar het noordwesten. We moeten naar de helling aan de linkerkant en lopen, zoals we eerder deden, in het zicht van de rivier.

* * *

Vijf uur hard lopen heeft ons gekost om naar de andere helling te gaan, maar nu:

'Daar is het,' zeg ik.

De Chindwin gloeit in het zonlicht. Ik verken de gelige stroom met mijn verrekijker en zie dat we voorzichtiger zullen moeten zijn dan ooit. Door het centrum, stroomopwaarts, vaart een boot met de vlag van de rijzende zon op de achterstevenmast.

Het is zeker dat er hier patrouilles zullen zijn; Die waren er ook aan de andere kant van de bergketen, als dat is wat we gaan doen. De keerzijde van dit alles is dat ik het pad dat we al die dagen hebben afgelegd niet kan berekenen. Het waren zulke onregelmatige dagen in richting en duur dat er geen manier is om onze inspanning in kilometers te vertalen.

De belangrijkste voorzorgsmaatregel is de gurkha, die als verkenner zal dienen. Ik volg hem met de gevangene en de mars wordt afgesloten door Doris.

Ik denk erover om te stoppen om te eten en te rusten. Het is al na één en het is erg warm. Ik versnel mijn pas om de gurkha te waarschuwen wanneer hij verschijnt, aangespoord door een onheilspellende haast.

Het verbaast me vooral dat hij zo dicht bij me komt. Hij brengt zijn mond dicht bij mijn oor en zegt met een lage stem die ik nauwelijks versta:

"Japans, meneer! Een patrouille van twaalf man.

Ik kijk hem vragend aan. Waar gaat zoveel mysterie over? De gurkha schudt zijn hoofd.

"Die man verstaat Engels, meneer", verduidelijkt hij.

Het zou kunnen zijn. Voorlopig moet je je verstoppen en stil zijn.

We zoeken een dik struikgewas uit dat bestaat uit verschillende soorten planten en duiken erin, onze gevangene vooruit duwend. Eenmaal verborgen, houden we zijn voeten vast en maken de knevel vast, om er zeker van te zijn dat hij zelfs niet het minste geluid kan maken.

Verder trekt de gurkha zijn lange mes en bereidt zich voor om elke poging om onze aanwezigheid in de kiem te smoren te smoren.

Ik zie dat Doris erg bleek is. Ik pak haar hand en glimlach, hoewel ik niet zo kalm ben als ik lijk. We hebben tot nu toe veel geluk gehad; de berekening van kansen zegt dat het niet eeuwig kan duren. Elke stap die we naar het noorden zetten zal gevaarlijker zijn.

Ik stel me voor dat we een spoor hebben achtergelaten en dat de Japanners het op hun eigen manier proberen te interpreteren: die aanval op het schip en de patrouilles die we hebben vernietigd, zullen hen hebben geïntrigeerd.

Want de groep soldaten die we nu zien verschilt enorm van de vorige. Ze lopen niet zelfverzekerd, vrolijk babbelend, als door een veroverd land.

Ik zie ze daar voorop lopen, door de holtes van het struikgewas dat ons verbergt. Ze lopen geruisloos, speuren het terrein af, verspreid in een lange rij.

Ik zie dat sommigen, met hun bajonet vast, gevaarlijk dicht bij de plek komen die als onze schuilplaats dient. Ik verifieer angstig dat ze de struiken doorzoeken die hen verdacht lijken; ze stappen erin en scheiden de takken met hun bajonetten. Ik voel een koud zweet, ondanks de hitte.

Als ik een manier zou kunnen vinden om ze hier weg te krijgen, denk ik; maar dit ligt niet binnen mijn mogelijkheden.

Ik legde per ongeluk mijn hand op een van de tassen; Ik hoor het zoemen van de woedende wespen binnen en ik voel de hoop herboren in mijn borst.

We hebben drie dekens, die we gebruiken om 's nachts te kamperen.

'Doris, vouw de dekens open! 'Ik bestel fluisterend.' Jij en de sergeant vallen naast de gevangene neer en zoeken dekking met twee van hen, zonder dat er een deel van zijn lichaam buiten is. Ik laat een van de zwermen vallen.

Ik help ze bij de operatie. Als ik ze goed bedekt zie, pak ik de overgebleven deken en stap een stukje naar voren om dichter bij de kleine open plek voor ons te zijn waar een paar Japanners doorheen snuffelen.

Ik dek mezelf op mijn beurt toe en pak de tas. Dan trek ik voorzichtig aan de rits, waarbij ik erop let dat de randen van de rits niet uit elkaar gaan.

Ik kijk. De terrine is in behandeling. We staan aan de kant van een berg en de helling is steil. Ik wacht tot de Japanners dichterbij zijn.

Dan pak ik de tas bij de bodem en schud er krachtig mee, waarbij ik het enorme wespennest eruit gooi. Ik verstop snel mijn hoofd en hand onder de deken, maar ik kan een paar steken niet vermijden, dus ik vervloek mentaal alle wespen in de wereld.

Er gebeurt een paar seconden niets. Ik zou graag willen zien of het wespennest in de goede richting is gerold of is gestopt en tegen een struik is gebotst.

Maar het zou te gek zijn. Een zwerm wespen is een gevaarlijk ding.

Ik wacht, hoor niets, tot wat ik verwachtte arriveert; een diep en levendig geluid, geproduceerd door de vleugels van honderden tropische wespen.

Bijna onmiddellijk beginnen de kreten van terreur onder de Japanse soldaten; er is lawaai van racen, de klaagzangen groeien in toon en hoeveelheid en er worden zelfs schoten afgevuurd door die ellendelingen. De wespen zijn woedend na de opsluiting die ze hebben ondergaan en nemen wraak.

Dan verdwijnen snel het geschreeuw van de Japanners en het geroezemoes van de wespen in de verte. Ik til de deken een beetje op, controlerend of er geen gevaar is voor Japanners of wespen in de buurt.

"Op iedereen! 'Ik schreeuw en ga de open plek op.' We moeten ons haasten.

Mijn metgezellen, die de gevangene voorgaan, sluiten zich bij mij aan en we zetten de mars voort.

"Je bent duivels slim" lacht Doris ". Hoe kom je op zo'n idee?

"Ik herinner me een oud Kipling-boek" antwoord ik. In het boek komt een jongen genaamd Mowgli met deze truc van zijn vijanden af. Ik herinnerde het me vanmorgen toen we de wespennesten tegenkwamen.

* * *

We hebben de hele dag gelopen, met slechts een half uur pauze om iets te eten, om drie uur 's middags. Het is nu zeven uur en er is nog iets meer dan een uur tot de zon ondergaat.

Je moet een goede plek vinden om te kamperen. We vertragen en zoeken iets dat bij ons past. We hebben niet al te veel geluk. De jungle is hier erg dik en we moeten tussen de bomen blijven.

We kregen een serieuze tegenslag: de enige blikopener die we hadden is verloren gegaan, buit gestolen van een van de Japanse patrouilles. Natuurlijk kunnen we blikjes blijven openen met messen, maar ik was erg aangemoedigd om het op een beschaafde manier te doen.

Als we klaar zijn met eten maken we ons klaar voor de nacht. De gevangene gedraagt zich de laatste tijd goed, maar ik wantrouw hem. Ik zou graag iets willen bespreken dat ons zou bevrijden van zijn vervelende aanwezigheid, zonder hem te doden of zijn vrijheid een extra gevaar voor onze aanwezigheid op deze plaatsen te laten betekenen.

Ik herinner me de opmerking die de gurkha over hem maakte. Je hebt reden om aan te nemen dat de Japanners Engels begrijpen. Ik moet stoppen met meer over deze kwestie na te denken. Ik heb al te veel hoofdpijn om me zorgen te maken over deze details.

De zon gaat onder. Er is een stilte in de omgeving op dit moment van de dag die mij heel bekend voorkomt. Maar ik geniet er niet van. Ik denk dat het ongeduld zich van me meester maakt. Het is een slecht symptoom.

Ik steek een sigaret op en ga wandelen om mijn zenuwen te kalmeren. De gurkha zit en rookt ook, en Doris, die langzaam aan het eten is, drinkt haar blik Japans vlees op.

De gevangene daarentegen, met zijn voeten vastgebonden, maar vrij van handen, heeft de hare nog niet aangeraakt.

Plotseling wendt hij zich tot de gurkha en zegt in correct Engels:

'Leen me je mes, alsjeblieft.

Dat verbaast me meer dan wanneer ik een tijger had horen brullen. Waarin is geel gearceerd?

Ik besluit niet in te grijpen. De gurkha, zonder te antwoorden, haalt zijn revolver uit de holster en gooit dan zijn gebogen mes erin.

Ik heb nu zoiets als helderziendheid. Ik zie duidelijk dat de gurkha gelooft dat hij de oplossing van dit gênante bedrijf in handen heeft. Als de gevangene trucjes uitprobeert, zal hij schieten. Maar ik denk dat de Japanners er niet aan denken ons pijn te doen. Het heeft gewoon de grens van zijn uithoudingsvermogen bereikt.

Ga met een vinger over het scherpe mes om ervoor te zorgen dat de snede scherp is.

Dan, zonder een moment van aarzeling, duwt hij het wapen in zijn buik en trekt de hendel omhoog. Doris schreeuwt en gaat naar waar ik ben.

De gurkha pakt zijn mes, haalt het bloed uit de kleren van de Japanners en legt het stilletjes weg. Voor hem is het een afgeronde zaak.

'We gaan hier weg,' stel ik voor. "We hebben nog een half uur licht.

We halen de apparatuur op en laten het lijk van de ongelukkige Japanner achter.

"Waarom zullen ze deze vreselijke dingen doen? Vraagt Doris.

"Hara-kiri" is een nationale gewoonte, "ik leg het uit." Het heeft iets met eer te maken, maar ik kan niet precies uitleggen waarom. Ik denk dat er iets mis is in hun hoofd.

* * *

Vier dagen later, die zonder incidenten zijn verstreken, hebben ze ons een heel eind gebracht, geloof ik.

We zijn net vertrokken en het is verschrikkelijk warm. We hebben een tekort aan water en zullen vandaag de toevoer moeten vernieuwen.

We doen het een paar kilometer hoger, voor een prachtige rotsformatie die onze weg verspert. Er is een kleine fontein en het water is helder en relatief koel. We drinken en vullen onze kantines, maar lang stoppen we niet. Je moet om de rotswanden heen gaan en je weg vervolgen.

We liepen voorzichtig over de lavabodem, vrij van vegetatie; het is een verademing voor de ogen om duidelijk terrein voor ons te hebben. Ik houd er echter rekening mee dat het een gevaarlijke weg is. Ik wil dat we zo snel mogelijk naar de jungle gaan, wat, denk ik, een beetje verder gaat.

We dalen de helling af en staan op het punt de oversteek van de rotsachtige doorgang te voltooien, als ik in de verte, beneden, aan de andere kant van de rivier iets zie.

Een stad. Een relatief grote stad.

Ik laat de tas en de rugzak vallen en steek een sigaret op, terwijl mijn metgezellen zich bij me voegen.

"Sittaung in zicht" leg ik uit. "Ik had niet gedacht dat we het ooit zouden halen, maar daar is hij dan!

Dose kijkt me serieus aan.

"Is het gevaar voorbij?" vraag.

"Het gevaar zal eindigen wanneer we het onze binnengaan; maar twintig mijl van Sittaung ligt een andere stad, Tamu, langs de grens, aan de kant van de weg die naar Imphal leidt. Ik weet niet of Tamu in handen van de Japanners is gevallen; maar de frontlinie is er, waarschijnlijk minder dan honderd mijl van waar we zijn. We moeten de rivier oversteken zodra het donker wordt. Hiervoor hebben we een middel nodig en daar gaan we naar op zoek.

Ik observeer het panorama nog even. Dan stel ik voor dat we al het nutteloze gewicht laten vallen.

'We zullen de wapens en wat patronen houden', onthul ik. " Tien dagen eten en sigaretten. De rest laten we vallen.

We worden op dit moment lichter. Het is jammer om dingen achter te laten die zo nuttig voor ons zijn geweest, maar we moeten vooral kracht bewaren. Dit kleine terrein dat we moeten bestrijken, is het gevaarlijkst en er zullen weinig voorzorgsmaatregelen zijn.

We dalen snel de helling af tot bij de rivier. We gaan niet naar buiten. We glijden geruisloos door de jungle, op zoek naar een boot;

maar er lijkt geen kans te zijn om er een te vinden, totdat we een ander inheems dorp zien.

We hielden toen een kleine krijgsraad.

'Hoewel de inboorlingen vrienden zijn,' leg ik uit, 'denk ik dat het verstandig is dat ze ons niet zien.

Sommige Birmezen staan aan de kant van de Japanners "verduidelijkt de Gurkha". Mijn eenheid ging voornamelijk om deze reden verloren. Birmese gidsen waren degenen die de Japanners ertoe brachten ons te ontmoeten.

Dat bepaalt de vraag.

"Deze mensen moeten boten hebben" merk ik "; ze zullen vissen in de rivier, denk ik. We moeten er een vinden en hem grijpen zodra het donker wordt om 's nachts de oversteek te maken.

'Ik zal in de hoogste boom klimmen die ik kan vinden, kapitein,' stelt de gurkha voor. 'Ik zal je verrekijker pakken.

Ik geef ze hem en binnen enkele ogenblikken klimt hij als een aap in de stam van een junglereus. Het verdwaalt in het gebladerte van het glas en we gaan eronder zitten.

Ik bied Doris een sigaret aan en we roken rustig.

'Wat is de situatie, kapitein?' vraagt me.

Ik kijk haar lachend aan.

'Ik zou zeggen dat we vrienden zijn, Doris,' bevestig ik.

"Een van de beste" antwoordt hij lachend. "Wat heeft dat er nu mee te maken?

"Je weet gewoon dat ik graag anders genoemd zou willen worden dan 'kapitein'. Mijn vrienden noemen me Frank.

"Ok, Frank. Beantwoord mijn vraag.

"De situatie kan niet beter. We hebben driehonderd mijl door de vijand bezet gebied overgestoken en zijn in zicht van het doel. We zullen het moeilijk hebben, dat is zeker. Hier is de frontlinie. Er is een Japans leger, compleet, in plaats van patrouilles zoals we hebben gevonden. Hoe we die grens gaan overschrijden en naar India gaan, weet ik niet helemaal. Maar ik herhaal wat ik al eens zei: op de een of andere manier komen we er wel. Ik weet het.

Bladeren vallen op me en ik til mijn hoofd op. De gurkha daalt af. Vol verwachting staan we op en wachten op hem.

Wanneer hij de bodem bereikt heeft hij een lichte glimlach op zijn lippen.

'Er zijn boten,' zegt hij, 'aan de kust, in de buurt van de stad. Het zal gemakkelijk zijn om er een te bemachtigen.

Ik kijk triomfantelijk naar Doris. Alles komt goed, ik voel het van binnen.

VIII

Deze rivieroversteek is fantastisch. We hebben geen problemen ondervonden bij het grijpen van een boot of het hanteren ervan, over de stroming heen.

We bereikten snel de andere oever en lieten de boot op drift achter en gingen meteen de jungle in. Het is een korte weg die we moeten afleggen om Tamu te bereiken.

Van alle eindeloze dagen dat we de Birmese jungle hebben doorkruist, is vandaag de meest vreugdevolle en hoopvolle omdat het doel nabij is.

Ongeveer twee uur later stoppen we op de top van een heuvel. Er is een kleine rivier aan onze voeten en, knipperend in de nacht, een reeks lichtgevende punten. De lichten van Tamu.

De maansikkel baadt het landschap nauwelijks en verlicht de schaduwen enigszins. Het volstaat echter voor ons om een glimp op te vangen van de kronkelende strook van een weg.

Er zit beweging in. Ik bevestig de verrekijker en zie dat dit heel anders is dan het terrein dat we hebben achtergelaten. Ik zie militaire transportvrachtwagens, geladen met materiaal en troepen, op weg naar de vuurlinie.

Plotseling licht de grond voor ons op met enorme oranje flitsen, met tussenpozen, en diep gebulder van artillerie bereikt onze oren.

"Mijn God! Doris mijmert.

Ik klem mijn tanden stevig op elkaar. Het is het grootste deel van het Japanse leger dat voor ons ligt. Er zou een insect voor nodig zijn om zijn linies te passeren zonder gezien te worden. Ik voel me ontmoedigd en voor het eerst in al deze dagen begrijp ik de enorme moeilijkheden van ons bedrijf.

We zaten onder een boom en keken naar de vuurgevechten. De Britse batterijen ver weg reageren voortvarend. De houwitsers arriveren en exploderen, gericht op de Japanse kanonnen. Aan de andere kant zijn er luchtaanvallen.

We kunnen de apparaten niet zien, maar je kunt ze horen aankomen en hun lading des doods in het donker laten vallen, aangezien Tamu's lichten zijn uitgeschakeld. Komt de stad in Japanse of Britse handen?

Het lijkt erop dat er op dit punt een lange en bloedige strijd gaande is. We kwamen hier in een moment van rust aan, maar nu zien we de verschrikkelijke grootsheid van het dodelijke schouwspel.

Wat mij betreft, ik kan niet begrijpen hoe we de rivier hebben kunnen oversteken en zijn gekomen waar we zijn. Vanaf deze heuvel kun je zien dat de regio bruist van de Japanners. Het lijkt alsof de terugtrekkende Britten de Japanse opmars tegenhielden en grote massa's keizerlijke troepen naar deze sector werden getransporteerd.

De situatie is als volgt: de weg is afgesneden. Nog een stap zou zijn om tussen de Japanse eenheden te komen. In plaats daarvan zou teruggaan, indien mogelijk, zinloos zijn. Zelfs als het zou kunnen, wat zouden we in godsnaam gaan doen om terug te gaan naar de Birmese jungle?

Ik begrijp ook dat we, zodra het daglicht aanbreekt, in levensgevaar zullen verkeren en ik ben wanhopig aan het nadenken om een oplossing te vinden. We moeten in ieder geval meteen iets doen.

"We gaan deze heuvel herkennen" stel ik voor aan mijn metgezellen ". Misschien vinden we een plek om ons even te verstoppen.

Ze nemen het heel serieus. Al die tijd hebben ze me vertrouwd en dat blijven ze doen. Het probleem zal zijn om dit vertrouwen waardig te blijven.

Ik stel me voor dat mijn zenuwen het begeven. Terwijl we deze heuvel op lopen, voel ik dat de zekerheid die ik tot nu toe heb gehad, me verlaat.

De gedachten die door mijn hoofd gaan worden zwarter, totdat Little Gurkha zijn hand opsteekt en we stoppen. Voor ons, beneden, op de vlakte, omringd door landbouwgrond, staat een imposant gebouw voor zijn grootte.

'Een paleis,' merkt Doris op.

'Een boeddhistisch klooster,' corrigeer ik.

De gurkha heeft een sigaret in zijn mond. Hij durft het echter niet aan te zetten. Dit is wat het is. We kunnen niet eens rustig roken.

'We gaan naar het klooster' stel ik voor. "We zullen gastvrijheid vragen en iets bedenken als we eenmaal binnen zijn.

'Zullen het vriendelijke mensen zijn? De vraag van Doris is van grote betekenis.

'We zullen weten wanneer we gaan,' antwoord ik resoluut.

We verlieten de heuvel en naderden het klooster, voortdurend bang om een Japanse patrouille tegen te komen. Dit gebeurt niet; We kwamen aan bij de enorme, gespijkerde deur en ik klopte aan en sloeg met de kolf van het machinepistool op het hout.

Het geluid is hol, indrukwekkend. We wachtten enkele minuten, vervuld van een angst die we probeerden te verbergen. Het kan zijn dat deze leeg is. Of dienen als accommodatie voor een Japanse eenheid.

Een raam in de deur gaat open en een Aziatisch gezicht kijkt ons zonder de minste verbazing aan.

Op dat moment heb ik een idee. Ik haal mijn portemonnee uit mijn zak en haal er een visitekaartje uit. Er staat: "Frank Latimer, luchtvaartingenieur, New York, NY" Een kaart in vredestijd. Ik geef het aan de portier (ik veronderstel dat het zal zijn), en het raam sluit weer.

Na weer een gespannen wachten, kraakt de deur en begint open te gaan. We zijn toegelaten!

We komen binnen. Ik zie de dingen nu al met meer optimisme, een beetje voorbarig, ongetwijfeld.

De deur gaat weer dicht. Dit is aardedonker.

De stem van de man die ons heeft toegelaten klinkt voor het eerst, in zeer gebrekkig Engels.

"Het klooster is een plaats van vrede", zegt hij. Ze moeten hun wapens hier achterlaten.

Het kan een val zijn. Misschien willen de Japanners dat we gevangen nemen zonder te hoeven vechten. Maar ondanks alles heb ik vertrouwen in deze boeddhisten, mensen die door hun religie niet eens gemachtigd zijn om een vogel te doden.

'Wat denk je, Doris?' vraag ik.

"Ik kan je niet adviseren, Frankie", antwoordt hij.

'U, brigadier?

"De beslissing is niet aan mij" is een beleefd maar vastberaden antwoord.

"Nou, we zullen onze wapens neerleggen" besluit ik.

We maken ons los van hen, inclusief messen, en lopen achter onze gids aan. We beklimmen een stenen trap en gaan door eindeloze gangen.

Ten slotte stopt de gids voor een openstaande deur. Er komt een zwak licht uit de kamer.

"Ze kunnen gebeuren", vertelt hij ons.

Hij buigt en verdwijnt zwijgend door de gang.

Ik haal mijn schouders op. Ik pak Doris bij de arm en we gaan naar binnen, gevolgd door de dappere gurkha.

De kamer is breed, met kale muren, met een tapijt in het midden, waarop een man zit in oosterse stijl. Verlichting wordt verzorgd door een eenvoudige kaars, brandend in een eenvoudige metalen kandelaar.

"Welkom terug" Het Engels van deze man is perfect. " Ga alsjeblieft zitten.

We zaten tegenover hem. We hopen dat je ons meer vertelt.

"Ik ben het hoofd van deze gemeenschap", vervolgt hij. U zoekt gastvrijheid en ik bied het u aan, maar ik kan u dat niet verzekeren. Tot nu toe hebben de Japanners ons niet lastig gevallen. Dingen kunnen echter variëren. Met andere woorden, het is niet gezond voor u of ons om hier voor onbepaalde tijd te blijven.

Ik knik.

"Ik begrijp het" geef ik toe. "Ik dank u in ieder geval. Kunt u ons wat rapporten bezorgen?

Vraag het, meneer.

'Hoe ver zijn de Britse linies?'

'Gisteren zo'n vijftien mijl.

'Hoe groot is de kans dat we ze bereiken?

Schud negatief met je hoofd.

'Kom op, geen. Er zijn duizenden Japanners", legt hij uit.

"Wandelen? "Vraag ik, geïntrigeerd." Hoe zou je het anders kunnen proberen?

De boeddhistische monnik staart me enigszins verbaasd aan.

"Vliegen" zegt hij.

'Maar we hebben geen vliegtuig.

"Doe het zelf" is de verrassende uitnodiging.

"Een vliegtuig maken? "Ik zeg het met de verbazing weerspiegeld op mijn gelaatstrekken.

Het is alsof je wordt gevraagd om een ei te leggen.

"Je bent luchtvaartingenieur. Dat zegt je kaart. De gebroeders Wright waren dat niet. Ze wilden vliegen, toen maakten ze een vliegtuig en vlogen. Dat vind ik een logische suggestie.

Waarom niet? Misschien kan het worden geprobeerd, maar ... er zijn te veel onmogelijke dingen in zo'n plan. Het vervelende is dat Doris en de gurkha me aankijken met een uitdrukking die me niet bevalt. Het lijkt alsof ze geloven dat ik alles kan oplossen.

"We zouden een krachtige motor nodig hebben", gaf hij aan.

"Het is niet onmogelijk om er een te krijgen" glimlacht de monnik.

"Later heb je gereedschap nodig.

'Misschien kunnen we je wat lenen.

"Hoe zit het met stof, lijm, draden, benzine, een plek om te werken en een andere om op te stijgen?

"Het is mogelijk, alles is mogelijk zolang het maar met voldoende intensiteit wordt gewenst", lacht de monnik.

Wensen?

"Onze meest vurige ambitie is om de Britse linies te bereiken, dat is het meest ware wat er is onder de zon," antwoordde hij verhit.

"Dan" zegt onze gastheer, "zullen ze het krijgen. Morgen zullen we rustiger over dit alles praten. Nu, rust.

Hij staat op en buigt voor ons. Hij verdwijnt geruisloos en sluit de deur bij het verlaten van de kamer.

"Goed" zegt Doris", nu alles geregeld is, denk ik dat ik voor het eerst in lange tijd weer rustig ga slapen.

Ik sta op het punt te kreunen. Wat is opgelost? Waar is het vliegtuig dat ons hier vandaan gaat halen? Hoe ga ik het bouwen en waarmee?

Ik lijk niet te gaan slapen, althans niet gemakkelijk.

* * *

Het hoofd van de boeddhistische kloostergemeenschap lijkt ervan overtuigd dat alles op rolletjes loopt. Hij heeft me naar de grote binnenplaats geleid. Het is enorm lang, meer dan zeshonderd meter, schat ik.

"Ze kunnen vanaf hier vertrekken. De muren, die amper twee meter hoog zijn, zullen geen obstakel vormen', legt hij uit.

Perfect, maar waar gaan we mee van start?

Dan neemt hij me mee naar een zeer brede deur die uitkomt op de patio. Hij doet hem op slot en laat me iets zien dat ik niet had verwacht te vinden. Het is een auto, een ouderwetse 'Rolls', maar blijkbaar goed bewaard gebleven.

"De motor en veel bruikbare onderdelen" glimlacht mijn metgezel.

Ik stap in de auto en start hem. De motor loopt tenminste. Met de wielen zou een landingsgestel gemaakt kunnen worden en er zijn nogal wat bouten en accessoires in de rest van de carrosserie die het lukken.

"Aan die tafel", vervolgt mijn vriendelijke gast, "is er papier voor u om uw berekeningen te maken. Ik laat u met rust, meneer Latimer.

Hij gaat weg en ik begin na te denken. Dit is een gek bedrijf. Ervan uitgaande dat je het vliegtuig kunt bouwen, moet je in de lucht springen zonder het te testen. En 's nachts ook. Hoe ga ik 's nachts vliegen zonder instrumenten? Zal ik vooral iets kunnen bouwen dat kan vliegen?

Ik ga aan het tafeltje zitten, haal mijn rekenliniaal uit mijn zak en begin aan het plan te werken. Het zal een eenvoudig apparaat moeten zijn, een eendekker vergelijkbaar met degene die aan het begin van de eeuw de lucht begon over te steken, heel laag trouwens.

Van alle vroege modelvliegtuigen die ik me kon herinneren, koos ik de "Bleriot XI"; het was het eerste vliegtuig waarmee de Fransen vlogen in de oorlog van veertien, een klassieker van de lucht. Rechtlijnig, met een vierkant houten frame en bedekt met stof, leek het in de huidige omstandigheden het beste dat geprobeerd kon worden.

Maar er was een verschrikkelijk obstakel. Het gewicht van de motor van de «Rolls» en dat van een as en twee wielen van de auto zouden nooit door een dergelijk apparaat in de lucht kunnen worden verhoogd.

Toen bedacht ik me dat ik ook zonder de wielen kon. Ik zou een soort sledeschaatsen bouwen die me zouden helpen landen. De wielen zouden niet aan het apparaat worden bevestigd, maar het zou erop rusten. Een paar gaten in de schaatsen en as, met een losse pin, zou het lukken. Als het apparaat omhoog was gebracht, zou het de wielen aan de grond zetten.

Je moet serieus aan de slag. Ik verlaat de "Rolls" en ga dingen concreet maken met mijn collega's. Doris en de gurkha zullen mijn assistenten zijn en het zal nodig zijn om te zien of ze me de draden, de stof en het hout zullen brengen die ik nodig heb.

* * *

Er is niet veel tijd te verliezen. De Britten trekken zich terug. Ik weet dat de Japanse opmars een dezer dagen zal eindigen en dat de geallieerden hen zullen doen vluchten in de richting van Tokio, maar dit behoort tot de toekomst. Verwacht op dit moment niet veel te vliegen met het ding dat ik aan het bouwen ben.

Mij is medegedeeld dat de Britse linies al zo'n veertig mijl van Tamu verwijderd zijn. Het is al een behoorlijke afstand.

Het is de constructie van de rolroeren en hoogteroer en roeren die mij het meeste werk opleveren. De draden die ik in het klooster heb gekregen zijn van heel verschillende oorsprong en zijn niet te vertrouwen.

In plaats daarvan is het hout van de frames vervangen, met voordeel denk ik, door bamboe, sterker en gemakkelijker te monteren.

Ik kijk naar Doris.

"Dit gaat" zeg ik.

"Ik geloof het pas als ik het zie", lacht hij. Zal "dit" echt vliegen?

Ik lach, een beetje geforceerd, en knik.

'Het zou me niets verbazen,' geef ik toe. "

De gurkha daarentegen blijkt een geschoolde arbeider te zijn; begrijpt snel wat er wordt gezegd en heeft goede handen.

Hij spreekt zijn twijfels niet uit. Misschien heeft het er geen. Als ik zeg dat het artefact zal vliegen, neem het dan als vanzelfsprekend aan.

De structuur is bijna klaar. De stof heeft een lijmlaag gekregen die zal dienen als vernis, om het consistentie te geven en breuk te voorkomen.

Ik ben bezig met het maken van de propeller. Het is delicaat werk, maar volgens mijn berekeningen zal het goed moeten werken. Ook van hout heb ik een katrol gemaakt. Ik heb het aangepast aan de ventilatoras om het een grotere diameter te geven. Het zal dus de rotaties vermenigvuldigen door ze, door middel van een riem, over te brengen op de schroefas, ook mijn werk, genomen van een lager dat ik heb kunnen doorsnijden nadat ik het had afgescheurd.

We werken in een haast. We weten dat deze situatie niet kan blijven duren. Er zijn hier steeds meer Japanners, en ook al heeft hij het me niet verteld, ik weet dat het gulle hoofd van het klooster zich zorgen maakt. Als we ontdekt worden, is het einde van de gemeenschap zeker.

Daarom hebben we van deze dagen van zonsopgang tot nacht gebruik gemaakt. Echt, al het belangrijke werk zit op het dak. Het blijft alleen om de motor te monteren. Benzine is er bijna honderd liter, opgeslagen in blikjes, genoeg en nog veel meer om een korte trip te maken.

Zal dit monster vliegen? Dat vraag ik me constant af naarmate de bouw van het apparaat vordert.

Het hoofd van de gemeenschap ontmoet ons. Zijn naam is Mingim en hij is een man met een aanzienlijke cultuur.

Hij staart bewonderend naar ons werk.

"Geweldig", roept hij uit.

Ik kijk weer naar het apparaat. Het is iets afschuwelijks, een soort prehistorische pterodactylus, vleermuisvleugels en lelijk als een duivel.

"Ze zullen zich moeten haasten", vervolgt onze vriend.

Ik voel iets wat op angst lijkt.

"Wat voor nieuws is er? Vraag ik hem.

'De Britten zijn zo'n honderd kilometer verderop,' antwoordt hij glimlachend. "Maar ik heb bezoek gekregen van enkele Japanse officieren. Er worden er meer bevolen om een generaal met zijn staf te huisvesten. Het is onmogelijk voor mij om te weigeren.

'Wanneer komen die heren? "Ik wil het weten.

"Morgenavond.

"Ik begrijp het" antwoordde hij. Vanavond is het moment.

Doris kijkt me peinzend aan en de gurkha stopt met werken, wachtend op iets anders.

"Ik ben bang dat u niet meer tijd hebt, kapitein" glimlacht Mingim.

Ik kijk op mijn horloge. Het is drie uur. We zullen gebruik moeten maken van al het daglicht om de motor te monteren, ongeveer vijf of zes uur.

"Goed" Ik glimlach en doe mijn best ", de vlucht zal vandaag zijn. De maan komt pas om half twaalf 's nachts op. Dan zullen we opstijgen.

Met koortsachtige activiteit gaan we aan het werk. We hebben te veel ontberingen doorstaan en te veel angsten doorstaan dat alles zou verdwijnen nu we de vrijheid bijna met onze handen aanraken.

We hebben de motor gemonteerd, waarbij ik alle schroeven gebruik die ik over had na het demonteren van een groot deel van de Rolls. Ik hoop dat je de machine ondanks de trillingen op zijn plaats kunt houden.

Voor zonsondergang is het werk klaar. We haalden het vliegtuig uit de garage, waarvoor de deur wijder moest worden gemaakt, waarbij een deel van de muur werd omvergeworpen.

We zetten het in de tuin, een enorme uitgestrektheid met slechts één boom in een hoek. Dit om de wandelende monniken niet af te leiden van hun meditaties.

Het is al donker. We zullen moeten wachten tot half twaalf. Als de maan opkomt, hoop ik oogcontact met de aarde te kunnen houden, omdat we laag zullen vliegen.

Ik onderzoek de horizon in de richting die we zullen volgen. Je zult de valleien tussen de bergen moeten gebruiken om meer dan honderd kilometer hier vandaan te komen. Eigenlijk ben ik van plan zoveel mogelijk te vliegen, om er zeker van te zijn niet in de Japanse linies te vallen.

Je moet nu rusten. Eet iets, bereid je voor op het grootste avontuur van ons leven. Laten we gaan vliegen in een zelfgemaakt vliegtuig! Dit is genoeg om iedereen bang te maken en vooral ik, die het heeft gebouwd en gepland en ik weet hoeveel beperkingen het moet hebben en hoe weinig we kunnen vertrouwen op de materialen die we hebben gebruikt.

* * *

De maan staat al aan de hemel. Haar bleke gezicht is verheven boven de bergen achter ons. Er is voldoende duidelijkheid, een essentiële voorwaarde om 's nachts zonder instrumenten te kunnen vliegen.

De cockpit heeft een bankvormige stoel, waarin we met ons drieën zullen rijden, mijn twee metgezellen te paard, die de achterkant zullen bezetten. Veiligheidsgordels met touwen, vastgebonden aan onze middel en dan aan de bank, die, aan de andere kant, ik weet niet of hij genoeg weerstand zal hebben om ons gewicht te dragen als de lucht ons deed omkeren.

We dragen geen bagage, zelfs geen wapens. Afvallen is essentieel; daarom zijn de startmotor en accu's weggelaten. We nemen afscheid van Mingim, een van de weinige mensen die we hier hebben gezien. De andere monniken hebben hun geest niet willen storen door met ons om te gaan.

Het is een kort, maar enthousiast afscheid. Deze man heeft onze ontsnapping mogelijk gemaakt toen we geen hoop meer hadden.

"Ik hoop dat we elkaar weer zullen zien" glimlach ik terwijl ik zijn hand schud.

"Ik hoop het ook" zegt hij tegen me. Ik wens je veel succes.

De oosterling die als poortwachter van de gemeenschap fungeert, draait de propeller, precies zoals ik hem heb opgedragen. De motor start zonder incidenten. Ik wacht tot het warm is. Ik manoeuvreer met de bedieningspedalen en met de hendel, ruwe werken van bamboe en draad. Ze lijken op volgorde te werken.

Ik zwaai en draai me om naar mijn metgezellen.

'Laten we opstijgen! "Ik zeg het je". Vingers gekruist ... en zo houden tot we er zijn.

Ik geef gas en het vliegtuig begint steeds sneller door de tuin te glijden. Volgens mijn berekeningen zullen we opstijgen met zestig mijl per uur, en tachtig of negentig zal het maximale zijn dat we kunnen gaan.

Ik geef gas naar de top en staar naar de muren voor ons. De maan verlicht ze heel goed. Seconde na seconde winnen we snelheid en naderen we ze. Met het daaropvolgende alarm realiseer ik me dat de vleugels niet genoeg lucht lijken te krijgen. We kunnen heel goed tegen die muur botsen.

Ik trek de joystick naar achteren. Een paar seconden gebeurt er niets. De wielen, hoewel de as los zit, kunnen door de snelheid zo'n druk uitoefenen dat het systeem me in staat stelt mezelf op te tillen, zelfs als ze niet werken.

Plots komt het apparaat omhoog en gaan we over de dreigende muur. We vliegen!

Vreugde overspoelt mijn ziel, maar ik laat me niet bedwelmen door dit gevoel. We kunnen vliegen, maar het zal een zeer korte tijd zijn. Het consistente vet, afkomstig uit de versnellingsbak van de «Rolls», zal niet te veel weerstand kunnen bieden aan de schroefas, wanneer deze wordt verwarmd door de rotatie.

Met elke minuut die verstrijkt realiseer ik me hoe moeilijk het is om het monster dat ik bestuur te hanteren. Ze gehoorzamen de bevelen alleen met tegenzin en grommen. Ik vraag me af of mijn armen en benen niet te snel vermoeid raken, vanwege de enorme trekkracht die ik moet uitoefenen om ze te hanteren.

In plaats daarvan zijn de vliegomstandigheden magnifiek. We gaan maar een paar honderd meter omhoog. De grond, de zwarte boomtoppen en de daken van veel huizen en hutten zijn perfect zichtbaar.

Ik kan zelfs Japanse drums onderscheiden. Ik hoop dat ze het vuur op ons openen, maar de Japanse luchtafweerkanonnen slagen daar niet in.

Ik stel me met een glimlach de verrassing voor die ze daar beneden zullen hebben als ze ons zien en vooral als ze ons horen. Er is geen vliegtuig ter wereld dat hetzelfde klinkt. Het zal hen verbijsteren, zeker. Dit is geen snel en modern vliegtuig, daarom zullen ze niet op ons schieten uit angst dat ze het bij het verkeerde eind hebben.

Mijn armen zijn zwaar als lood. Dit is geen vliegtuig besturen, maar ertegen vechten. Ik ga door een vallei tussen twee bergen, altijd naar het westen, en we laten de echo's van de nacht horen. Er is blijkbaar een wapenstilstand tussen de strijders daar beneden. We zien geen kanonnen vuren of enige vorm van oorlogszuchtige activiteit.

Er begint iets op mijn gezicht te spetteren. De geur van benzine bereikt mijn neus. De tank, een van de tanks van de «Rolls», heb ik op de motorkap van het apparaat gemonteerd. Het moet een ontsnapping hebben. En het betekent voornamelijk twee dingen. Dat we bijvoorbeeld veel gas kunnen verliezen en een harde landing kunnen maken. Aan de andere kant geeft het aan dat er een dreigend gevaar is dat we in brand vliegen.

De wind slaat zo hard in mijn gezicht dat de ogen overvloedig tranen. Ik heb een vreselijke taak om ze open te houden. We verlaten de vallei en ik kijk even op mijn horloge. In het maanlicht kan ik het.

Het is bijna twee uur. We moeten ongeveer tweehonderd mijl hebben gereisd, meer dan genoeg om op de Britse lijnen te zijn. Aan de andere kant ben ik bang dat dit ding zal desintegreren, en het wordt steeds moeilijker voor mij om het te beheersen.

Landing wordt opgelegd. We hebben gedaan wat we konden. Het zou verschrikkelijk zijn om nu te sterven, nu we onze vrijheid hebben verdiend na zoveel ontberingen.

Ik scan de grond. Het lijkt erop dat we een regelmatig vlak stuk hebben dat vrij is van vegetatie; Maar bij dit weinig licht weet ik het niet zeker.

Toch besluit ik het eens te proberen. Ik daal langzaam af en als ik een cirkel beschrijf en het land tegen het licht zie, zie ik het glinsteren van de maan op het water. Rijstvelden! Het beste, bij afwezigheid van een vliegveld.

"We zijn geland, we zijn geland! "Ik schreeuw tegen mijn teamgenoten.

Ik denk niet dat ze me hebben gehoord, maar mijn handgebaren spreken boekdelen.

De grond komt snel dichterbij. Ik vertraag en bedien de joystick zo soepel mogelijk.

Bij het eerste contact vliegen water en modder door de lucht, spattend op ons, maar dat geeft niet. Weer helemaal over het rijstveld en de slee-achtige schaatsen glijden perfect. Het is een schitterende landing, gezien de omstandigheden, zij het met een onverwacht, onvoorspelbaar einde.

Het terras houdt abrupt op onder ons en het idee flitst door mijn hoofd dat het volgende veel lager is.

We vallen zwaar en bevriezen, eindelijk. De schok is enorm geweest. Ik voel een scherpe pijn in mijn rechterbeen.

Mijn metgezellen lijken ongedeerd. Tussen de twee halen ze me uit de cockpit en we spetteren wat rond in het midden van het rijstveld. Maar ik kan niet lopen. Dat verdomde been moet gebroken zijn.

Op dat moment beginnen er dingen te gebeuren. Nabijgelegen motoren worden gehoord, er zijn koplampen die ons verlichten en stemmen worden gehoord.

Maar godzijdank worden ze gegeven! Die stemmen schreeuwen in het Engels.

De eersten die met ons meekomen, weten niet welke kant ze moeten kiezen, of ze voor onze mensen moeten zorgen of nadenken over het vreemde artefact dat ons daarheen heeft gebracht.

'Waar heb je het vandaan, vrienden? Vraagt een Schotse luitenant, te oordelen naar het accent.

"Het zijn overlevenden van de Eerste Wereldoorlog", legt een grappige man uit.

"Het moet een zeldzaam model bezem zijn", legt een derde uit. Tovenaars en heksen moderniseren ook.

Uiteindelijk worden we met een ambulance overgebracht en komen we er onderweg achter dat we in de buurt van Imphal zijn. We hebben nog geen honderd mijl afgelegd; de tegenwind, heel sterk, liet ons amper vooruit komen, maar we zijn nu veilig.

Bij Imphal scheiden onze wegen. Ik ga naar een ziekenhuis en Doris en de gurkha worden gevangen genomen voor ondervraging door de Britse inlichtingendienst.

Het been is gebroken, maar het is niet ernstig. Veertig dagen in het gips en weer in omloop.

Het slechte is dat de jongens van de inlichtingendienst mij komen bezoeken. Een van hen, kolonel Graduation, laat me de details van onze ontsnapping uit Birma keer op keer herhalen. Hij houdt nooit op te zeggen: "Echt?" Indrukwekkend! Verbazingwekkend!"

Dan kan ik met mijn medevluchtelingen praten. Doris is mooier dan ooit. Hij vertelt me dat hij al zes huwelijksaanzoeken heeft gehad.

Dat brengt me in een slecht humeur.

'Ik denk dat de mijne voorrang moet hebben,' bracht ik nors uit.

"Het is wat ik denk" glimlacht Doris.

Ik ben heel moe. Ik wil slapen, slaap een tiental jaar, maar dit is belangrijk.

"Ik dacht ook dat Little Gurkha onze peetvader moest zijn" leg ik uit.

'Ik zou erom hebben gevraagd', zegt Doris; als je het niet zelf had voorgesteld.

* * *

Dit is Yunnan, China. Er zijn veel dingen gebeurd sinds ik Amerika verliet om me bij de groep van "Flying Tigers" aan te sluiten; maar zoals bijna alles waar ik op doelde, ben ik erin geslaagd. Ik ben hier, ondanks alles, klaar om te vliegen met deze beroemde eenheid.

In Madras is een mooie "bungalow" waar Doris op me zal wachten. We zijn een maand geleden getrouwd, toen ik uit het ziekenhuis kwam, en we weten al veel van elkaar.

Aan de andere kant wil ik nog een feit toevoegen: Little Gurkha was natuurlijk onze getuige. Zo kwam ik achter zijn naam. De dappere sergeant uit mijn Birmaanse tijd, nu luitenant, heet "echt" Rashmon Benagar.

Juist vandaag kreeg ik een brief van jullie beiden. Doris vertelt me dat het goed met haar gaat, maar dat ik de eerste keer toestemming moet vragen, omdat ze erg eenzaam is. Rashmon daarentegen verlangt naar die dagen van ons epos.

'Er is veel beweging aan het Birma-front,' zegt hij, maar het is allemaal heel anders, kapitein. Ik denk dat we het toen beter hadden. Bovenal, die prachtige vlucht, in jouw apparaat, zal ik mijn leven lang niet vergeten.

Van mijn kant vlieg ik het liefst in een van deze moderne apparaten.

Hoewel ik denk dat Rashmon toch gelijk heeft. Die Birmese dagen waren zo slecht nog niet.

Maar dit behoort tot het verleden. Nu vechten.

EINDE